Le Bagnard

et autres nouvelles

Du même auteur
dans la collection Rivages/Thriller

Prisonniers du ciel
Black Cherry Blues
Une saison pour la peur
Une tache sur l'éternité

dans la collection Rivages/noir

Prisonniers du ciel (n° 132)
Black Cherry Blues (n° 159)

James Lee Burke

Le Bagnard

et autres nouvelles

Traduit de l'américain
par Freddy Michalski

Collection dirigée
par François Guérif

Rivages/Écrits noirs

Titre original : *The Convict*
(Louisiana State University Press)

106, boulevard Saint-Germain – 75006 Paris

ISBN : 2-86930-807-8

À mes enfants
Jim Jr, Andree, Pamela et Alafair

Oncle Sidney et les Mexicains

Je cueillais les tomates en compagnie de Billy Haskel. Nous occupions la même rangée, à remplir à pleines poignées les paniers placés sur le traîneau de bois tiré par une mule, lorsqu'apparut, volant bas au-dessus de la ligne d'arbres près de la rivière, l'avion épandeur d'engrais qui commença à arroser le champ voisin du nôtre.

– Le vent va nous le souffler droit dessus, dit Billy Haskel. Tourne-toi de l'autre côté et retiens ta respiration.

Billy Haskel était blanc, mais il gagnait sa vie comme cueilleur saisonnier, exactement comme les Mexicains. Les seuls autres Blancs occupés à la même tâche dans le champ étaient deux lycéens comme moi. On racontait que Billy avait fait le Pacifique Sud pendant la guerre, ce qui expliquait pourquoi il n'avait plus sa tête à lui et buvait tout le temps. Il gardait une bouteille de vin dans la poche de poitrine de sa salopette et, chaque fois que nous avions terminé la cueillette dans une rangée, il s'agenouillait sous le niveau des massifs de tomates en donnant l'impression qu'il allait se soulager et levait sa bouteille juste assez haut pour en avaler deux longues gorgées. Arrivé le milieu d'après-midi, sous un soleil blanc qui brûlait tout, il se laissait prendre par le vin et la chaleur et se mettait à parler à coups de strophes de chansons hillbilly.

> Ma femme est partie
> Là où la vie éclate,

Où le vin et le whiskey coulent à flots
Et aujourd'hui mon petit garçon
Dit papa à un autre homme.

Mais ce matin il était encore sobre, toute son attention retenue par l'épandage.

– Le fermier, y te dit qu'ça fait pas mal de le respirer. C'est point vrai. Ça te travaille les poumons comme de petites étincelles. Elles te font des petits trous dans la peau et l'air y s'échappe de ta poitrine et repasse pus dans la gorge. Te m'écoutes pas, pas vrai ?

– Bien sûr que je t'écoutais.

– T'as l'esprit occupé par Juanita là-bas. Je ne te le reproche pas. Si j'étais pas si vieux, moi aussi je la regarderais.

Mes yeux étaient toujours sur elle, parfois même bien malgré moi. Elle était occupée à cueillir trois rangs plus loin devant nous, et ses jambes brunes, la cassure de son corps, là où elle avait noué sa chemise de toile bleue sous les seins, me tenaient toujours le coin de l'œil. Elle avait les bras et les mains couverts de poussière, et chaque fois que, du dos du poignet, elle tentait de repousser ses cheveux moites de ses yeux, elle laissait sur son front une barre grisâtre et humide. À plusieurs reprises, je l'avais vue, même lorsque je travaillais avec elle, dans la même rangée, qui regardait son plastron de chemise afin de vérifier que tous les boutons y étaient bien en place.

Je voulais lui parler, lui dire quelque chose de naturel, une banalité sans importance, tandis que je cueillais à ses côtés, mais lorsque je repassais mes mots dans ma tête, ils me paraissaient stupides et gênants. Je savais qu'elle aussi voulait que je lui parle, parce qu'il lui arrivait de s'adresser à Billy Haskel lorsqu'il travaillait entre nous deux, en donnant l'impression de me viser à travers lui. Si seulement j'étais capable de me montrer aussi décontracté et d'afficher la même aisance que Billy, me disais-je, même s'il ne s'exprimait effectivement qu'en bribes de chansons sans musique, sans rapport les unes avec les autres.

Il pleuvait fort samedi matin, et nous dûmes attendre deux heures dans le bus de l'équipe avant de pouvoir aller dans le champ. Billy, l'air égaré, traînait sa gueule de bois du vendredi soir, et il avait dû dormir tout habillé car ses vêtements sentaient la bière éventée et j'aperçus sur ses manches des traces de poudre de talc de la salle de billard. Il regardait fixement par la vitre, l'air ensommeillé, les gouttes de pluie, et commença à s'attaquer à une bouteille d'un demi-litre de moscatel d'un jaune couleur d'urine. Lorsque le ciel finit par se dégager, il l'avait terminée et s'était attaqué à un carafon de mauvais vin rouge, trente-neuf *cents* la bouteille, qu'il avait racheté dans le bus à un Mexicain pour un dollar.

Il tint une forme superbe le restant de la matinée. Pendant que nous étions occupés, pliés en deux, à récolter nos tomates, il s'était nommé, de son propre chef, conducteur des travaux, et surveillait notre ouvrage. Il a dû déclamer les paroles de toutes les chansons jamais chantées lors du « Grand Ole Opry ». Nous arrivâmes à proximité d'un bouquet de chênes verts et son regard se mit à aller des tomates dans les paniers aux troncs des arbres.

– Y'en a d'jà queq'z'unes de ces t'mates qui sont toutes ramollies. Pas même bonnes pour la conserve, dit-il. Est-ce que tu sais que j'ai fait ma période d'essai dans l'équipe de Waco avant la guerre ? J'aurais probablement été engagé si on ne m'avait pas appelé sous les drapeaux.

Puis il fit voler une tomate et toucha un chêne en plein tronc sous une averse de purée rouge.

Le prêcheur, M. Willis, le vit faire depuis l'autre côté du champ. Je l'observai qui traversait lentement les rangées de pieds en direction de l'endroit où nous étions occupés à cueillir, le dos bien droit, arborant sa salopette bleu foncé repassée de frais et son casque de liège comme un uniforme. M. Willis avait une église à la sortie de Yoakum et il siégeait également au conseil municipal. Mon oncle Sidney m'avait dit que M. Willis faisait en sorte qu'aucun autre prêcheur n'obtînt la permission d'évangéliser les ouailles du pays afin que le sauvetage des âmes à la manière baptiste lui fût exclusivement réservé et se tînt dans cette seule et unique église existante.

Je me penchai plus avant au milieu des pieds de tomates, mais je sentais sa présence derrière moi.

– Est-ce que Billy a recommencé à boire dans le champ ? dit-il.

– Monsieur ?

– Tu n'es pas dur d'oreille, ce me semble, Hack, n'est-ce pas ? As-tu vu Billy avec une bouteille ce matin ?

– Je ne faisais pas beaucoup attention à lui.

– Et toi, Juanita ?

– Pourquoi me demander ça à moi ?

Elle se tenait à sa tâche sans même relever les yeux.

– Parce qu'il arrive que ton frère emporte de temps en temps quelques carafons de vin qu'il revend ensuite dans le bus à des gens comme Billy Haskel.

– Alors, en ce cas, vous pouvez aller en discuter avec mon frère et Billy Haskel. Et quand mon frère vous traitera de menteur, vous pourrez le chasser, et tout le reste de l'équipe partira avec lui.

Le regard de M. Willis comme le mien se fixèrent sur elle. À cette époque, au Texas, un Mexicain, et plus encore une jeune fille employée à la cueillette de légumes dans les champs et payée à la tâche, ne répondait pas à une personne de race blanche. Les yeux gris de M. Willis brûlaient d'une telle intensité qu'il ne cillait même pas sous les gouttes de sueur qui lui roulaient sur le front de sous le bandeau de son casque colonial.

– Billy est toujours resté avec nous pour le ramassage, M. Willis, dis-je. Simplement, il s'autorise un petit coup de temps en temps quand c'est la paie.

– Tu sais ça, hein ?

Je me sentis plein de haine pour ses sarcasmes et sa conviction de grand juste, et me demandai comment quiconque pouvait être assez stupide pour aller s'asseoir dans une église et écouter cet homme-ci prêcher la parole de Dieu.

Il s'éloigna en enjambant soigneusement chaque rangée de pieds, tandis que le tissu de sa salopette amidonnée se marquait de plis bien nets derrière le genou. Billy se trouvait près de la citerne d'eau à l'ombre des chênes, le dos tourné à M. Willis, et il reboutonnait sa chemise sur son estomac lorsqu'il sentit ou entendit la présence de M. Willis derrière lui.

– Par le Seigneur Tout-Puissant, c'est que vous m'avez fait peur, prêcheur, dit-il.

– Tu connais mon règlement, Billy.

– Si vous voulez parler de la t'mate que j'ai balancée, ch'crois que vous m'avez eu.

M. Willis tendit la main et sortit la bouteille de sous le pan de chemise de Billy. Il en dévissa le bouchon et vida le vin au sol. Le visage de Billy s'empourpra tandis que ses mains s'ouvraient et se fermaient en geste de désespoir.

– Oh doux Jésus, vous savez punir un homme, dit-il.

M. Willis s'éloigna en direction de sa maison située à l'extrémité opposée du champ, emportant avec lui, entre deux doigts délicats, la bouteille qu'il balançait pour en chasser les dernières gouttes. Puis il s'arrêta, le dos toujours tourné vers nous, comme si une réflexion soudaine lui trottant dans la tête cherchait à aboutir, avant de revenir vers la citerne d'eau, le regard affable, ses yeux gris fixés sur le visage de Billy Haskel.

– Il m'est impossible de payer un homme qui boit pendant ses heures de travail, dit-il. Il vaudrait mieux que tu rentres chez toi aujourd'hui.

– Il y a bien des années que je ramasse pour vous, prêcheur.

– C'est exact, et donc tu connaissais ma règle. Ce truc va te tuer un de ces jours, et c'est pourquoi il m'est impossible de te payer pendant que tu fais ça.

Billy déglutit et secoua la tête. Ce travail, il en avait besoin, et il était sur le point de s'humilier devant nous tous. Puis il cligna des yeux et souffla, chassant l'air sur son visage.

– Bon, comme on dit, je cherchais du boulot, alors je me suis contenté de ce que j'ai pu trouver, dit-il. Je vais demander à mon frère de me conduire cet après-midi pour toucher ma paie.

Il marcha jusqu'à la chaussée goudronnée, et je regardai sa silhouette qui s'en allait diminuant au milieu des flaques de chaleur qui miroitaient au loin à la surface de l'asphalte.

Puis il franchit un talus entre deux champs de maïs et disparut à ma vue.

– C'est ma faute, dit Juanita.

– Il l'aurait chassé de toute manière. Je l'ai déjà vu faire la même chose à d'autres.

– Non, il s'est arrêté, puis il est revenu parce qu'il repensait à ce que j'avais dit. Il n'aurait pas pu retourner chez lui sans nous offrir son petit numéro.

– Tu ne connais pas M. Willis. Il ne paiera pas sa journée à Billy, ça fait toujours ça qu'il se sera mis dans la poche.

Elle ne répondit pas, et je compris qu'elle n'ouvrirait plus la bouche de tout le restant de l'après-midi. J'avais envie de faire quelque chose d'horrible à M. Willis.

À cinq heures de l'après-midi, nous nous alignâmes près du bus pour être payés. Les nuages étaient venus cacher le soleil, et la brise qui soufflait du fleuve était fraîche. À l'ombre du bus, nous dégoulinions de sueur qui laissait, dans la poussière dont nos visages étaient couverts, des traînées brunes pareilles à de longs vers marron. Arriva une camionnette à plateau : Billy avait envoyé son frère toucher sa paie de la journée. Je ne m'étais pas trompé sur M. Willis : il ne paya pas Billy pour sa journée de travail. Le frère commença à discuter avant de laisser tomber en déclarant :

– Je crois que le soleil se lèvera tout vert le jour où vous arrêterez de lui faire la leçon, prêcheur.

Juanita était debout devant moi. Elle avait ôté son bandana, et sa chevelure d'Indienne lui tombait sur les épaules comme les branches raplaties d'une étoile. Elle commença à la dégager de sa nuque en la répartissant de manière égale dans son dos. Quelqu'un vint se cogner à moi et je vins frôler l'arrière de sa croupe. Je dus serrer les dents en sentant le frisson qui me traversa les reins.

– Est-ce que tu veux venir prendre une limonade au café sur la grand-route ? dis-je.

– Je ne vais jamais là-bas.

– Alors pourquoi ne pas commencer ce soir ? Le moment est bien choisi, pas vrai ?

– Très bien.

Pas plus difficile que ça, me dis-je. Pourquoi ne l'avais-je pas fait plus tôt ? Mais peut-être que je savais pourquoi, et si je ne le savais pas, M. Willis était sur le point de me l'apprendre.

Après m'avoir donné ma paie, il me demanda de l'accompagner à sa voiture avant que je monte dans le bus.

– Quand vient l'été, un garçon peut toujours délaisser les amis qu'il a et s'en faire de nouveaux qui n'ont rien à voir avec sa vie habituelle. Est-ce que tu comprends ce que je veux dire ? dit-il.

– Peut-être bien que je ne veux pas comprendre ce que vous voulez dire, M. Willis.

– Ton père est professeur d'université. Je ne pense pas qu'il aimerait ce que tu es en train de faire.

– Je ne veux plus discuter avec vous. Je vais prendre le bus, dis-je.

– Très bien, mais rappelle-toi ceci, Hack – le bouvreuil ne va pas nicher chez le merle.

Je montai dans l'autocar et tirai les portes à soufflet derrière moi. Le visage de M. Willis défila sous les fenêtres tandis que nous nous dirigions vers le chemin de terre. Quelqu'un s'était déjà installé à côté de Juanita et j'en fus bien content parce que j'étais tellement en colère que j'aurais été incapable de parler à quiconque.

Nous arrivâmes au marché aux légumes de Yoakum, Juanita me donna son adresse (un nom de rue dans un quartier vague de la ville aux maisons à bardeaux et cours en terre battue) et je me mis au volant de la camionnette d'oncle Sidney pour la lui ramener chez lui en pleine campagne.

***

Ma mère était décédée. Mon père enseignait l'histoire sudiste pour la durée de l'été à l'université d'Austin et j'habitais donc chez mon oncle Sidney. Il cultivait tomates, melons, haricots, maïs et courges, et tout ce qu'il plantait poussait plus grand et plus gros que n'importe quelle récolte du comté. C'est chez lui qu'on trouvait les dindes les plus grasses, les

Brahmas et les Angus les mieux nourris et chaque année, ses conserves lui valaient de gagner quelques trophées à la foire du comté.

Mais c'était également, à ma connaissance, l'homme le plus irrévérencieux qui fût. Lorsqu'on le provoquait, il était capable de filer des chapelets d'obscénités au point d'en donner le vertige à ceux qui l'écoutaient. Mon père disait qu'oncle Sidney avait beaucoup bu dans sa jeunesse, et lorsqu'il lui arrivait de s'enivrer dans quelque troquet à bière de Yoakum ou Cuero, il fallait jusqu'à six policiers pour le traîner en cellule. Il avait été marine pendant la Première Guerre mondiale et servi dans les tranchées : il en avait rapporté la tuberculose et au fil des années, fait deux rechutes parce qu'il fumait constamment. Il roulait ses cigarettes de tabac Bull Durham – cinq *cents* le paquet – mais se contentait de deux ou trois cigarettes seulement avant de jeter son tabac et d'ouvrir un nouveau paquet. Ce qui expliquait que les terres de sa ferme étaient littéralement jonchées de sachets de Bull Durham souillés de taches brunes par la pluie et le tabac qui s'infiltrait dans le sol.

Lorsque l'oncle Sidney se voulait sérieux sur un point précis, il avait une manière bien à lui, faite de subtilité et d'intensité mêlées, et totalement inattendue, qui vous perçait l'épiderme et s'enchâssait sous la peau à la manière d'une épine. Il y avait deux étés de cela, j'étais un jour parti à la chasse au lièvre sur ses terres, armé d'une Winchester automatique calibre.22 et je n'avais pas tiré un seul coup de feu de tout l'après-midi. Je voulais juste tirer sur quelque chose, et j'étais prêt à abattre n'importe quoi rien que pour entendre le bruit sec de la détonation et sentir l'odeur de cordite dans l'air chaud. Une colombe solitaire s'était envolée d'un bouquet de chênes nains : je la pris en ligne de mire et lâchai trois coups rapides. La troisième balle lui sectionna la tête exactement au ras des épaules. Le coup était incroyable. Je plaçai la colombe dans ma poche et la rapportai à la maison où je la montrai à l'oncle Sidney, en oubliant complètement que je venais de tuer une colombe deux mois après la limite légale, car ce détail ne m'était pas venu à l'esprit.

– Tu penses que c'est finaud, ce que tu as fait, n'est-ce pas ? dit-il. Est-ce toi qui vas aller nourrir ses petits au nid ? Est-ce toi qui seras là lorsque leurs cris d'affamés attireront le renard sur eux ? Repose-moi mon fusil dans le râtelier et n'y touche plus.

J'engageai la camionnette dans la cour et coupai le contact, mais les cylindres continuèrent à cracher par auto-allumage pendant encore une quinzaine de secondes. Il était un fait que la camionnette n'était qu'un tas de ferraille, au point qu'il ne restait pas sur toute la carrosserie un seul endroit qui gardât sur plus de cinq centimètres la peinture d'origine. Le pare-brise fendillé portait encore les autocollants de rationnement d'essence qui remontaient à la Seconde Guerre mondiale, alors que nous étions en 1947. Je fis le tour par l'arrière de la maison, décrochai la chaîne qui bloquait l'éolienne, me déshabillai et commençai à me débarrasser des tiques que j'avais sur le corps sous le jet d'eau que crachait le tuyau de la pompe au-dessus de l'auge. Quelques-unes des tiques avaient élu domicile sur moi très tôt, au petit jour ; elles avaient la tête enfoncée profondément sous la peau, le corps gorgé de mon sang, aussi gros que des pennies. Je frissonnai à chaque tique que je dégageais de mes ongles avant de la faire éclater en une giclure rougeâtre.

– Nom de Dieu, qu'on me colle en enfer si c'est-y pas ce vieux Satchell qui ramène ses fesses par ici, dit oncle Sidney depuis la véranda à l'arrière de la maison.

Le chapeau de paille de Sidney avait connu des jours meilleurs : le rebord relevé sur le front, il tenait incliné sur le côté du crâne et, ajouté aux bottes de cow-boy complètement usées aux talons, donnait toujours l'impression que son propriétaire chaloupait plus qu'il ne marchait. L'oncle Sidney était tout en angles : coudes écart, à croire qu'il était toujours prêt à les enfoncer dans quelques côtes, les genoux de guingois du fait de la forme et de la direction que prenaient les bottes, une tête goguenarde toujours vrillée, le sourire contraint et tordu. Il avait la peau brûlée et craquelée par le soleil, et une poignée de main tellement calleuse qu'elle aurait émoussé les arêtes d'une vieille brique. Il avait été cavalier de rodéo dans sa jeunesse et s'était fait fracasser un si grand nombre de fois contre les planchages par les Brahmas qu'il chevauchait, que ses os lui craquaient par tout le corps lorsqu'il se levait de son fauteuil.

Je chaînai les pales de l'éolienne et pris la direction de la maison pour terminer mon bain dans la baignoire.

– Est-ce que je peux prendre le camion ce soir ? dis-je.

– Bien sûr. Je ne sais pas où tu veux aller, mais ça n'a pas l'air de te rendre très heureux.

– C'est ce damné M. Willis.

– Que t'a-t-il fait ?

– Il ne m'a rien fait du tout. Il a renvoyé Billy Haskel.

– Est-ce que Billy a recommencé à boire pendant le travail ?

– C'est la manière dont il a fait ça. Il a traité Billy comme un enfant.

– Billy est adulte. Il est capable de se prendre en charge.

– C'est exactement ça, justement. Billy combattait les Japs pendant que M. Willis s'en mettait plein les poches à vendre ses produits au gouvernement.

– Satch, c'que t'as fait au cours du match de samedi dernier, ça vaut pas un coup de pisse sur un caillou.

Une heure plus tard, je roulais sur la chaussée goudronnée dans le soir coloré de mauve, mes cheveux encore mouillés coiffés en arrière, le visage soufflé par l'air frais chargé des odeurs de champs. Les nuages de pluie s'accrochaient bas sur l'horizon, pareils à des fruits meurtris, et le soleil se mourait, laissant échapper par une fissure plate aux confins des terres de longs rais de lumière tourbillonnante à travers le ciel. La brise faisait ployer les têtes de maïs, et les lièvres attendaient, dans l'herbe rase sur les bas-côtés de la route, les oreilles dressées en V. On avait cloué et salé des cadavres de corbeaux sur les poteaux de cèdre pour tenir leurs congénères à l'écart du champ, et leurs plumes voletaient au vent comme une mauvaise arrière-pensée.

Je ne comprenais pas les sentiments qui m'agitaient, mais c'était comme si j'éprouvais à la fois peur et culpabilité, et en même temps, ni l'une ni l'autre. Jamais je ne m'étais vu sous les traits de quelqu'un qui avait peur des autres, mais c'était peut-être simplement parce que je ne m'étais jamais trouvé dans une situation m'obligeant à avoir peur. Et me revenaient maintenant en mémoire des gens auxquels je n'avais jamais pensé : des garçons à l'école qui n'appelaient jamais les Mexicains autrement que ventres-de-piment, le propriétaire du café qui obligeait le premier Mexicain venu à faire demi-tour dès la porte franchie, avant même qu'il pût arriver au comptoir, le directeur du cinéma de Cuero derrière son guichet qui affichait soudain complet lorsque se présentait devant lui quiconque dont la peau était d'une couleur plus sombre qu'un simple hâle.

Je l'aperçus, assise dans une balancelle, sous le porche d'entrée. Elle avait revêtu un chemisier blanc à col rond et une jupe plissée à fleurs et mis un hibiscus rouge à ses cheveux. Elle referma la portière et le camion se mit à cogner sur les ornières avant de rejoindre la grand-route, direction le stand de boissons.

– J'ai discuté avec mon père au sujet de Billy Haskel, dit-elle. Il s'occupe de la défense des ouvriers saisonniers. Il va essayer de le placer sur un autre champ.

– Ton père s'occupe de ça ?

– Oui. Pourquoi ?

Elle tourna la tête vers moi et ses cheveux soufflés par le vent vinrent lui barrer la joue.

– Pour rien. J'ai juste entendu les cultivateurs dire des trucs à ce sujet.

– Et qu'est-ce qu'ils disent ?

– Je ne sais pas, que ce sont des communistes, des machins comme ça.

– Mon père n'est pas communiste. Il n'y en a aucun parmi eux.

– Ces machins-là, ça ne m'intéresse pas, Juanita.

– Ton oncle est cultivateur.

– Il n'a rien à voir avec M. Willis ou certains autres. Il n'engage pas de dos mouillés et il n'irait jamais renvoyer quelqu'un qu'il aurait pris à boire dans les champs.

Apparurent au-devant de nous les lumières du stand de boissons, et garés sur le sol gravillonné à l'abri de l'auvent de toile, les voitures et les camions aux portières desquels s'accrochaient les plateaux métalliques.

– Est-ce qu'on va aller à l'intérieur ? dit-elle.

– Ça m'est égal.

– Alors on n'a qu'à rester dans le camion.

– Bien sûr, si c'est ce que tu préfères.

– Hack, tu n'étais pas obligé de m'amener ici. On peut juste aller faire un tour en voiture.

– Pourquoi t'en faire ? Ce n'est qu'un stand de boissons en plein air, rien d'autre. Je t'aurais bien invitée au cinéma, sauf que c'est toujours Johnny Mack Brown[1] qui passe.

– Tu n'as rien à me prouver. Je sais que tu es quelqu'un de bien.

– Ne dis pas des choses pareilles. On vient juste boire des limonades maison.

Cependant, tandis que nous attendions l'arrivée de la serveuse, je sentis mes mains se faire moites sur le volant, et j'avais conscience des conversations et des rougeoiements de cigarettes dans les voitures qui nous entouraient. La serveuse en uniforme rouge et blanc accrocha le plateau à la portière et me regarda pour prendre la commande, puis ses yeux quittèrent mon visage pour se poser sur celui de Juanita.

– Quoi, répétez-moi ça, dit-elle.

– Deux limonades. Une limonade, et puis une autre, sur le même plateau, dis-je.

La serveuse s'éloigna avant de tourner la tête par-dessus son épaule dans notre direction.

– Ne te moque pas d'elle, dit Juanita.

– Je la connais cette fille. C'est de l'huile à tracteur qu'elle a dans le crâne.

Je pris l'une des lourdes chopes embuées par les glaçons et l'offris à Juanita. En tendant le bras pour me saisir de la mienne, je vis un joueur de mon équipe de base-ball qui passait près de ma portière en direction des toilettes.

– Hé, Hack. Tu te tiens le bras en forme pour l'année prochaine ?

1. Acteur de western. *(N.d.T.)*

Il regarda à l'intérieur du camion, les yeux pleins de lumière et de curiosité.

– J'en balance quelques-unes tous les soirs vers une cible sur la grange de mon oncle.

– Cet homme, c'est un vicieux, une vraie machine quand il tient le monticule, dit-il en s'adressant à Juanita. Il vous lance des balles brossées à effet à la Carl Hubbell capables d'effacer les lettres sur le maillot du batteur.

– Ouais, ch'suis tellement doué que j'ai mouché trois mecs au cours d'une partie de la poule régionale.

– Ç'a pas d'importance. C'est le genre de mecs qui croient qu'un bain de désinfectant pour les moutons, ça sent pas, tant qu'on ne leur a pas collé le nez dedans.

– La saison prochaine, je me maîtriserai mieux. Bon, allez, on se verra plus tard, Ben.

– Sûr. Te fais pas de bile, Hack.

Une minute plus tard, il faisait demi-tour en marche arrière, s'apprêtant à quitter le parc de stationnement, et j'entrevis les ovales blancs de deux visages qui nous regardaient par la lunette arrière. Il s'engagea sur la grand-route en brûlant la gomme dans une giclée de gravillons.

***

Une semaine plus tard, Johnny Mack Brown était toujours à l'affiche du cinéma de la ville. J'emmenai donc Juanita voir les deux grands films qui passaient au drive-in. Je rangeai le camion sur le côté de l'établissement en plein air et lorsque l'obscurité se fit, je passai le bras autour des épaules de Juanita. Elle garda les yeux sur l'écran, mais lorsque je penchai la tête tout contre la sienne, elle tourna le visage vers moi, lèvres entrouvertes. Elle posa le poignet sur ma nuque lorsque je l'embrassai et frôla ma bouche, latéralement, de ses lèvres. J'enfouis mon visage dans ses cheveux et sentis l'odeur de savon et de talc sur ses épaules.

La cabine de la camionnette n'avait pas été conçue pour les idylles. Le levier de vitesses, même en position marche arrière, se dressait entre nous comme le mur d'un couvent.

Nos coudes et nos genoux venaient cogner le tableau de bord, les vitres, les poignées de portières et le râtelier à fusils. Arrivé l'entracte, je me trouvai confronté qui plus est à un autre problème : à savoir, ce qu'on appelait communément les boules qui chauffent, une douleur épaisse dans les parties génitales qui vous donnait l'impression qu'on vous avait versé du béton dans la braguette. Habituellement, la seule manière de se débarrasser de ce désagrément, hormis la plus évidente de toutes, était de sortir et de soulever le pare-chocs du véhicule. Chose on ne peut plus courante qui se pratiquait tout le temps dans les rangées à câlins, mais j'attendis l'entracte et me contentai de rester tranquillement assis derrière mon volant cinq minutes durant avant de me diriger vers le bâtiment central.

Ce fut une erreur.

Lorsque je pénétrai dans la salle des toilettes pour hommes – lieu surchauffé et fétide qui puait le désinfectant et l'urine de bière, avec un ventilateur d'extraction sur un mur – j'y trouvai une douzaine de lycéens, penchés au-dessus du collecteur de l'urinoir, occupés à se passer une bouteille d'alcool de prunelle dans son emballage de papier marron. On vomissait à l'intérieur du cabinet. La salle resta presque silencieuse pendant que j'attendais mon tour devant l'urinoir.

– Hé, Hack ! C'est qui, cette fille dans ton camion ?

– Une amie, c'est tout.

– Est-ce qu'elle est mexicaine ?

Il s'agissait du même garçon et sa question était presque innocente.

– C'est pas tes oignons, nom de Dieu, ce qu'elle est ou pas.

Plus un bruit, excepté le ronronnement sale du ventilateur. Puis, de la bouche d'un môme de grande taille en bottes de cow-boy, blue-jean, T-shirt blanc immaculé et chapeau de paille, qui se tenait contre le mur, un pied en appui sur la cloison derrière lui :

– C'est vrai que la figue à fourrure d'une Mexicaine, ç'a un goût de piment ?

Être gaucher quand on lance présente quelques avantages sur le monticule. C'est aussi vrai dans une bagarre aux poings, parce que votre adversaire surveille instinctivement votre main droite comme seule capable d'infliger des dégâts potentiels. Je lançai un crochet côté gauche qui le toucha à la bouche et envoya cogner sa tête contre le mur en parpaings. Lorsqu'il remit sa tête en position droite, ses poings déjà à l'œuvre à grandes volées, je vis sur ses dents des traces de sang pareilles à un barbouillis de colorant alimentaire. La bagarre se déroula sur toute la surface de la salle (quelqu'un avait mis le verrou à la porte pour empêcher le directeur de l'établissement d'entrer), à nous cogner de droite et de gauche dans les spectateurs, les urinoirs et les poubelles. Je le touchai à deux reprises encore en pleine figure, avec une telle force à une occasion, lorsque mon poing le frappa dans la gorge, que la salive vola au sortir de sa bouche. Mais il avait les bras plus longs que les miens et il m'accula dans un coin, entre le mur et le cabinet, où il me matraqua de coups sans que je puisse relever les coudes pour riposter en crochets larges. Ses poings blancs crénelés d'os me donnaient l'impression d'apparaître et d'exploser contre mon visage à une vitesse telle que je crus un instant qu'un autre était venu lui prêter main forte et me frappait avec lui.

Mais l'autre en question était le propriétaire, qui avait fait sauter l'huisserie de la porte et tirait le gars de grande taille pour me dégager de ses griffes.

Le gars en question laissa retomber ses bras et reprit son souffle.

– La prochaine fois que t'amèneras une Métèque au drive-in, vaudrait mieux que tu sois capable d'encaisser, dit-il.

Je voulais le frapper à nouveau, mais j'étais mort. Je sortis sur le parc de stationnement et croisai des groupes de gens qui lorgnèrent mes vêtements déchirés, maculés de traînées sanglantes, et la longue bande de papier hygiénique humide qui était restée collée à la semelle d'un de mes mocassins. Je montai dans le camion et reclaquai la porte. Juanita ouvrit la bouche, en portant d'un geste brusque les doigts vers son visage.

– Oublie ça, dis-je.

Je démarrai le moteur et m'engageai brutalement dans l'allée, à grands cahots, avant d'entendre un claquement de verre brisé et un fracas de métal pesant contre l'aile arrière. Il ne m'était pas venu à l'idée de décrocher le haut-parleur, dont j'avais arraché le tuyau de cablage et le socle de béton, ce qui en soi n'était pas une affaire, mais j'avais également arraché par la même occasion la moitié supérieure de la fenêtre d'oncle Sidney.

⁂

Oncle Sidney commença à assister aux réunions de l'Association des producteurs. Lesquels se retrouvaient le mardi soir à l'église baptiste, et celui qui serait passé là au volant de sa voiture, voyant les camionnettes garées à l'abri du bouquet de chênes, les reflets de lucioles dans l'obscurité du soir d'été, les têtes des hommes à travers les fenêtres éclairées, n'aurait rien pu imaginer d'autre qu'une simple réunion paroissiale au cours de laquelle se préparait un voyage de groupe à Dallas ou la construction d'un nouveau bâtiment. Mais derrière les crissements des cigales, ils discutaient des communistes et du Syndicat des ouvriers agricoles mexicains, leurs esprits soudés comme un seul homme par la peur, à enrichir leur vocabulaire de mots aussi étrangers à leur univers que les révolutions paysannes en Russie.

– Pourquoi faut-il que tu ailles là-bas ? demandai-je à oncle Sid.

Il était assis sur la marche du porche d'entrée, vêtu de son costume luisant, le pantalon fourré dans les bottes. Les braises brûlantes de sa roulée souillée de brun n'étaient guère qu'à quelques millimètres de ses lèvres.

– Et pourquoi ne devrais-je pas y aller ?

– Parce que ce sont des gens stupides.

– Bon, il y en a bien deux qui devaient probablement se tripoter la quéquette quand Dieu a fait sa distribution de cervelle. Mais parfois, il faut se serrer et les coudes, et les miches, mon petit Satchel. Si ces Mexicains sont sérieux à propos de leur grève, ils peuvent vraiment nous faire du mal.

Je le regardai s'éloigner sur la route au volant de son camion, dans le crépuscule poussiéreux, en laissant derrière lui la mare qui tenait prisonnier, sous la surface de ses eaux, la balle rouge du soleil, figée, immobile, morte comme le cœur dans ma poitrine.

Mais j'aurais dû avoir davantage foi en l'oncle Sidney. J'aurais dû savoir que ses angles trop vifs ne s'accommoderaient pas bien longtemps d'une troupe de gugusses comme l'Association des producteurs de fruits et légumes. Le mardi soir qui suivit, j'avais obtenu de Juanita qu'elle vînt dîner à la maison ; l'oncle Sidney revint de sa réunion dans une telle furie qu'il aurait suffi de lui frôler le visage d'une allumette de ménage pour allumer celle-ci.

– Qu'est-ce qui est arrivé ? dis-je.

– Ce petit pète-sec de prêcheur de rien, y s'est levé devant tout le monde et il a dit comme ça que j'avais engagé deux Mexicains qui étaient communistes. Et tous ceux qui gardaient des communistes sur leur registre de paie en étant au courant, y pourraient peut-être bien se regarder à deux fois dans la glace en se posant des questions. Puis y'en a deux de la troupe, des salopards pas francs du collier, toujours à tourner autour du pot, y se sont retournés en disant qu'il faudrait peut-être bien que chaque producteur fasse une liste de tous ceux qui travaillent pour eux.

– M. Willis, ça lui plaît bien, quand il peut coller le doigt dans l'œil de quelqu'un.

– Juanita, faut que j'engage six hommes de plus cette semaine. Tu demandes à ton papa de m'envoyer une demi-douzaine de syndiqués mexicains ou nègres ou ce que tu voudras. Je ne discute pas sur les salaires, je paie à la pièce, mais y toucheront plus qu'avec des mecs comme le prêcheur. Assure-toi juste que ton papa me trouve six ouvriers durs à la tâche qu'on veut plus nulle part.

La troupe hétéroclite qui se présenta à la maison la semaine suivante était bien étrange : deux vieux, un gamin, un manchot, un Nègre et Billy Haskel.

– Quand est-ce que t'as rejoint le syndicat, Billy ? dit oncle Sid.

– Je me suis dit qu'ça pouvait pas faire de mal. J'ai pas travaillé nulle part depuis que M. Willis m'a chassé.

– C'est bien toi, José ? Je croyais que t'étais en taule.

– J'ai été libéré.

– Bon, très bien, les gars. Vous pouvez prendre vos paniers dans la grange. Revenez à la maison pour midi. C'est l'heure du déjeuner.

Oncle Sid les suivit du regard qui traversaient la cour, le chapeau incliné de guingois sur la tête.

– Nom de Dieu, c'est donc ça la fameuse troupe qui les fait tous mouiller du froc dans le pays ? dit-il.

Le surlendemain, la nuit était brûlante, sans un souffle d'air, et des éclairs secs éclataient à l'horizon. Je me réveillai toutes les heures, pris entre de mauvais rêves et le silence brûlant de la maison. Vers le matin, je sentis la chaleur de l'air qui commençait à disparaître et, tandis que mes yeux se fermaient d'un vrai sommeil, je vis les motifs d'éclairs trembloter sur le papier peint. Puis quelque chose dans mon sommeil me dit que la couleur n'était pas la bonne – le blanc de cobalt avait été remplacé par du rouge et du jaune, et une odeur de caoutchouc en train de brûler emplissait l'air.

J'entendis oncle Sidney marcher depuis sa chambre jusqu'au râtelier à fusils dans la cuisine avant d'ouvrir la porte-moustiquaire en façade.

– Qu'est-ce qu'il y a ? dis-je en enfilant mon Levi's.

– Regarde par là. Celui qui a fait ça a de l'expérience. On a cloué des bandes de pneu sur le bois pour donner plus de chaleur.

La croix faisait cinq mètres de haut et brûlait comme une grande flamme brillante du bas jusqu'en haut. Des fumerolles s'élevaient de la traverse horizontale, pareilles à des mouchoirs souillés, et j'aperçus dans le lointain un camion à plateau qui se dépêchait en rugissant de tous ses cylindres sur le chemin de terre en direction de la route goudronnée.

⁂

Oncle Sid se rasa, enfila une salopette propre, et s'assit à la table de cuisine devant une tasse de café et un bloc-notes.

– Qu'est-ce que tu fabriques ? dis-je.

Au-dehors, la lumière s'était lancée à l'attaque du ciel et j'entendais les pales de l'éolienne qui cliquetaient sous la brise.

– Je me dresse une liste, de salopards authentiques et de salopards éventuels. Pendant que je fais ça, Satch, va voir si Billy Haskel est arrivé, et montez-moi tous les deux cette croix à l'arrière du pick-up. Y'aura probablement pas la place, alors va te chercher une chaîne dans la grange.

En compagnie de Billy, je chargeai la croix calcinée dont je coinçai l'extrémité supérieure contre la cabine avant de maintenir l'axe central et je la verrouillai, chaînes tendues entre les ridelles, au moyen d'une attache rapide que je crochetai à un anneau.

– Le shérif, y va pas être aussi heureux que ça quand ton oncle va lui déposer ce truc puant dans son bureau, dit Billy.

Oncle Sidney sortit de la maison, son bloc-notes dans sa poche de chemise. Il avait son nouveau Stetson à petit bord sur la tête, une cigarette tordue vissée au coin des lèvres. Ses genoux soulevaient le tissu de sa salopette apprêtée et raide.

– Qu'est-ce qu'on fait là ? dis-je.

– On leur marque une entaille dans le cul. Allez, garçons, montez.

Nous roulâmes jusqu'à la ferme de M. Willis que nous aperçûmes dans le champ non loin de la route. Il essaya en premier lieu de nous ignorer en tournant la tête dans la direction opposée, mais oncle Sidney commença à jouer de l'avertisseur jusqu'à faire cesser le travail dans les rangs à tous les ouvriers dont le regard se fixa sur nous en passant par-dessus la tête de M. Willis, lequel s'avança dans notre direction, le visage pincé, tendu comme peau de tambour.

– Quelqu'un m'a laissé cette chose dans la cour de devant la nuit dernière et je veux la remettre à sa vraie place, dit oncle Sidney. Vous êtes d'avis que je devrais la laisser ici ?

– Je n'ai aucune idée de ce que vous racontez.

– Je ne vous en veux pas de mentir. C'est pas facile de rester assis dans sa propre merde.

– Vous pouvez quitter ma propriété, M. Holland.

– C'est ce que je vais faire. Dans une minute. Mais d'abord, y'a mon neveu qui me dit que vous avez escroqué Billy Haskel ici présent d'une journée de salaire. Il faut bien voir que Billy est pauvre, et je suis d'avis que vous devriez plonger dans votre portefeuille, prêcheur.

Le visage de M. Willis se tendit plus encore et il essaya de soutenir le regard d'oncle Sidney. Et c'est une main de bois qu'il porta à sa poche revolver, à croire qu'il ne la commandait plus.

– Je le paierai rien que pour vous faire partir de chez moi.

– Non, vous allez le payer parce que c'est ce que je vous ai dit de faire. Et la prochaine fois que vous envoyez des brutes du côté de ma maison, je viendrai vous mettre la main dessus en ville, devant tout le monde, et vous n'aurez plus aucune envie de continuer à vivre par ici.

Nous roulâmes jusque chez Zack, sur la route goudronnée, où oncle Sid acheta deux packs de six bouteilles de Lone Star, qu'il remplit de glace pilée afin de tenir la bière au frais. Puis nous prîmes la direction de la maison du fermier suivant sur la liste et, dès avant midi, nous en avions terminé de notre périple dans la campagne pour arriver en ville. Les gens avaient dû être avertis de notre arrivée, parce que le bazar-quincaillerie-nourriture pour animaux était fermé, un fermier qui n'était pas chez lui peu de temps auparavant faillit se mettre à courir jusqu'à son camion en nous voyant arriver, et une voiture d'un adjoint du shérif se mit en devoir de nous suivre au fil des rues. Les passants sur leurs trottoirs surélevés en béton ne manquaient pas de dévorer des yeux la croix noircie sur le plateau du pick-up tandis qu'oncle Sidney se tenait comme si de rien n'était, derrière son volant, un bras à la fenêtre, sa bouteille de bière pleine de soleil ambré. Au feu rouge, un homme en chapeau de paillon, pantalon de toile bleue sans couleur et bottes à lacets descendit du trottoir et s'avança jusqu'au marchepied.

– M. Holland, je suis membre de l'Association, mais je n'ai rien à voir dans toute cette affaire, dit-il.

– Je n'ai jamais cru qu'il en était autrement, M. Voss.

M. Voss acquiesça d'un hochement de tête et traversa la rue.

– On s'amuse tellement qu'on devrait tout recommencer depuis le début, dit Billy Haskel.

Cet après-midi-là, oncle Sidney me dit d'emporter la croix jusqu'à la rivière et de la balancer là où c'était profond, mais je lui répondis que j'aimerais la garder dans le camion jusqu'au week-end. Le samedi soir, je passai chercher Juanita et l'emmenai au cinéma drive-in, en faisant la sourde oreille à ses protestations comme à ses regards par la lunette arrière en direction de la croix qui vibrait sous la chaîne tendue. Des gens que je connaissais à peine nous saluèrent au passage, et durant l'entracte, plusieurs des joueurs de l'équipe de baseball vinrent se rassembler autour du camion à boire leur bière chaude, le pied posé sur le marchepied. La camionnette devint non seulement le centre respecté du parc de stationnement aux yeux de tous les groupes présents, mais aussi le symbole excorié de la différence, qui consacrait de noblesse l'individu qui se voyait autorisé à entrer dans le cercle qui l'entourait. Les boîtes de bière se mirent à rouler bruyamment sur le gravier et les rires se firent plus sonores, attirant de nouveaux spectateurs qui s'en vinrent cogner à grands coups sur le toit de la cabine, jusqu'à ce que le directeur de l'établissement finisse par nous jeter tous dehors. C'était en 1947, l'année où, comme lanceur, j'étais parvenu à quatre reprises à empêcher l'adversaire de marquer le moindre point, l'année où j'avais aussi appris à ne plus y penser une fois le match terminé.

Ceux que l'on a perdus

à Philip Spitzer

Des choses étranges me sont advenues au cours de mon année de CM2 à l'École catholique de St. Peter en 1944. Je m'éveillai un matin, plein de culpabilité, parce que mes pensées s'étaient portées sur les seins des Négresses qui travaillaient au réfectoire. Puis je commençai à me sentir coupable à propos de tout et de rien ; une activité innocente, un moment d'oisiveté qui m'avaient occupé à peine quelques jours auparavant se changèrent en fardeaux ténébreux pesant sur mon âme. J'avais regardé une image de statue dans un livre représentant un nu, répété des mots grossiers que j'avais entendus de la bouche d'autres garçons à la station-service, remarqué pour la première fois la voisine célibataire en train d'accrocher ses sous-vêtements sur la corde à linge.

Je confessai mes mauvaises pensées comme mes mauvais désirs au père Melancon. Sans effet aucun. Je sentais le monde se vider de sa lumière et je n'en connaissais pas la raison. Mes péchés palpitaient au creux de ma poitrine, pareils aux marques qu'aurait laissées un fouet cinglant sur ma peau. Lorsque je me retrouvais étendu dans mon lit le soir, poings serrés sous les draps, mon esprit s'emplissait d'images effrayantes de guerre et de damnation éternelle, qui venaient se fondre en quelque sorte en une vision apocalyptique de fin du monde mangée par les flammes.

Au large sur le golfe, au sud-est de New Iberia, des sous-marins allemands avaient torpillé des pétroliers sortant sans escorte de l'embouchure du Mississippi. Les crevettiers faisaient le récit des incendies qui consumaient l'horizon tard dans la nuit et du marin horriblement calciné qu'un patron de pêche avait remonté dans son filet à crevettes. Je savais également que les nazis et les Japonais avaient tué des gens originaires de New Iberia. Lorsque la guerre avait éclaté, les familles dont un des fils était sous les drapeaux avaient suspendu à leur fenêtre un petit fanion avec étoile bleue sur champ blanc. Au fur et à mesure que la guerre avançait, nombre des étoiles bleues se virent remplacées par des étoiles d'or ; il arrivait aussi que les pelouses de ces petites maisons à ossature de bois ne connaissent plus jamais la tondeuse tandis que moisissaient les journaux toujours roulés dans les parterres devant des stores baissés qui ne se relevaient plus jamais.

J'étais convaincu qu'un grand mal était à l'œuvre dans le monde.

Ma mère, une baptiste originaire du Texas qui n'allait pas à l'église, me dit que j'avais des pensées stupides. Elle me dit que le véritable démon en cette terre vivait dans une bouteille de whiskey. Elle parlait du whiskey qui enivrait mon père, qui le tenait au bar de Broussard sur Railroad Avenue après son licenciement comme ouvrier du pétrole.

Je les entendis tous les deux, tard un samedi soir. Il pleuvait fort, les éclairs bondissaient au-dehors derrière la fenêtre, et notre pacanier fouettait sauvagement le toit de ses branches.

– Non seulement tu te ramasses la figure dans notre propre cour, mais tu as dépensé notre argent avec ces femmes-là. Je sens leur odeur sur toi, dit-elle.

– Je me suis arrêté chez Provost et j'ai tapé quelques boules de billard. J'ai mis quelques bières sur mon ardoise. Je n'ai rien dépensé.

– Vide tes poches, dans ce cas. Montre-moi donc l'argent que je vais pouvoir dépenser pour ses déjeuners de la semaine prochaine.

– Je m'occuperai de ça. Comme je l'ai toujours fait. Le père Melancon sait que nous avons eu une passe de déveine.

– Jack, je n'accepterai pas une chose pareille. Je retourne à Beaumont et il vient avec moi.

– Non, m'dame, tu ne feras pas ça.

– Ne t'avise pas de me toucher, Jack. Sinon je te fais jeter dans une cellule de la prison de paroisse.

– Tu as le mal qui parle par la bouche, femme. T'es qu'une mégère, tu rabaisses un père devant son fils.

– Je décroche le téléphone. Que Dieu me... Je ne le supporterai pas.

Je ne pense pas qu'il l'ait frappée ; il se contenta de reclaquer la porte avec fracas et sortit sous la pluie vers son camion qu'il démarra en marche arrière en écrasant au passage les piquets de bois et le grillage à poule qui délimitait notre petit potager. J'avais les bras collés contre les oreilles, mais j'entendais les sanglots de ma mère tandis que hurlait la bouilloire sur le fourneau.

***

Mon institutrice de CM2 était sœur Uberta ; elle nous était arrivée cette année-là venant du nord. Sous sa guimpe de nonne, son visage rond était joli mais il s'embrasait, aussi brillant qu'un papier blanc, lorsqu'elle se mettait en colère, et il lui arrivait de crier sur nous sans raison. Elle avait les mains blanches, des mains vives et rapides lorsqu'elle se mettait à écrire au tableau noir ou venait nous aider à faire de grandes affiches de papiers colorés pour décorer le réfectoire. L'énergie dont elle était animée laissait toujours accroire qu'elle allait déborder des coutures de son habit noir. Ses histoires en cours de catéchisme me tenaient la gorge sèche, à déglutir et serrer le dessous de mes cuisses.

– Si vous vous demandez ce que signifie l'éternité, imaginez-vous une boule de fer grosse comme la terre perdue au milieu de l'espace, disait-elle. Ensuite, un moineau qui, une fois tous les mille ans, décolle de la lune jusqu'à cette boule de fer dont il vient effleurer la surface du bout de son aile. Lorsque les plumes de l'aile de l'oiseau auront usé la boule de fer pour la réduire à l'état d'une petite cendre grise, l'éternité ne fera que commencer.

Je n'arrivais plus à respirer. Les chênes derrière la fenêtre étaient gris et tremblaient sous la pluie. Je voulais résister aux paroles de la sœur, à ce que ses mots suscitaient en moi, mais je n'avais pas assez de force. Dans mon désespoir d'enfant, je regardai en direction d'Arthur Boudreau, assis de l'autre côté de l'allée et occupé à plier un avion en papier, lui qui ne se souciait jamais de rien.

Arthur avait la tête en forme d'ampoule électrique. Sa coupe de cheveux en broussaille était si courte que la peau du crâne luisait comme un oignon pelé. Il versait le contenu des encriers dans les aquariums, punaisait les robes des filles aux pupitres, dérobait, du labo de sciences naturelles, des grenouilles qu'il plaçait dans les sandwiches des élèves.

– Claude, es-tu en train de parler à Arthur ? dit sœur Uberta.

– Non, ma sœur.

– C'est pourtant ce que tu faisais, n'est-ce pas ?

– Non, ma sœur.

– Je désire que tu restes un moment après la classe aujourd'hui.

À quinze heures, les autres enfants prirent le chemin de la maison au pas de course sous la pluie tandis que sœur Uberta me faisait laver les tableaux. Elle rangea livres et cahiers dans son bureau derrière lequel elle s'assit, mains jointes devant elle. Des mains qui paraissaient blanches et petites sur fond des replis noirs de son habit.

– Cela suffit, dit-elle. Viens jusqu'ici et assieds-toi.

J'avançai vers l'avant de la salle et m'exécutai. Le bruit de mes pas me parut résonner fort sur le plancher de bois.

– Sais-tu pourquoi Arthur se conduit si mal, Claude ? dit-elle.

– Je ne pense pas qu'il soit aussi méchant que vous le dites.

– Il fait des choses méchantes, et ensuite, les gens font attention à lui. Veux-tu être comme ça ?

– Non, ma sœur.

Elle s'interrompit et m'examina en silence de ses grands yeux marron derrière leurs grosses lunettes à monture en acier. Je me sentis tout drôle sous son regard, à l'intérieur de moi. Elle me faisait peur, je craignais l'effet que pouvaient avoir sur moi ses paroles lorsqu'elle parlait de péché, mais je me sentais d'une étrange parenté avec elle, à croire qu'elle et moi comprenions à la perte et au malheur certaines choses que les autres ignoraient.

– Tu n'as pas acheté ta médaille pour le dimanche de charité, dit-elle.

– Mon père ne travaille pas en ce moment.

– Je vois.

Elle ouvrit le tiroir inférieur de son bureau, où elle gardait son nécessaire à peinture, et en sortit une petite médaille sur une chaîne.

– Alors, prends celle-ci. Si ton père t'en achète une par la suite, tu pourras donner la mienne à quelqu'un. De cette manière, tu passeras le cadeau à un autre.

Elle sourit et son visage me parut vraiment très beau. Puis les commissures de ses lèvres s'inversèrent, chargées de mélancolie et elle ajouta :

– Mais Claude, souviens-toi de ceci : il est des gens dont il ne faut pas s'approcher de trop près ; sinon ils nous créent de grands ennuis. Arthur en fait partie. Il te fera du mal un jour.

*
**

Une semaine plus tard, j'étais de retour au confessionnal avec un autre problème. L'intérieur de l'église était frais et sentait la pierre, l'eau et les cierges en train de se consumer. Je contemplai la silhouette du père Melancon à travers la grille du confessionnal. Il avait joué au base-ball en division amateur avant de devenir prêtre, et gardé le corps mince et athlétique sous des cheveux grisonnants qu'il taillait en brosse courte.

– Bénissez-moi, mon père, parce que j'ai péché, commençai-je.

Il attendit, le profil de son visage immobile.

– Dis-moi de quoi il s'agit, Claude.

La voix était douce, mais je crus l'entendre qui prenait une inspiration fatiguée.

– Sœur Uberta dit que c'est un péché de dire des gros mots.

– Bon, mais tout dépend de...

– Elle a dit que si on entendait quelqu'un les utiliser, il fallait le dénoncer sinon on commettait aussi un péché.

Le père Melancon se pinça l'arête du nez. Je sentis le visage qui me brûlait, de ma propre honte et de ma propre faiblesse.

– Qui as-tu entendu qui employait des gros mots ? dit-il.

– Je ne veux pas le dire, mon père.

– Crois-tu que cela sortira du confessionnal ?

– Non... Je ne sais pas.

– Il faut que tu aies un peu confiance en moi, Claude.

– C'était Arthur Boudreau.

– Maintenant, écoute-moi bien. Il n'y a rien qui cloche chez Arthur Boudreau. Simplement le Seigneur a envoyé Arthur ici-bas pour garder le reste d'entre nous honnêtes. Écoute, tu te fais trop de soucis à propos de toutes sortes de choses sans importance. Sœur Uberta a toujours de bonnes intentions, mais parfois... eh bien, disons, qu'elle y met trop de cœur. Ceci peut te paraître un peu trop difficile à comprendre aujourd'hui, mais parfois, lorsque les gens ont des problèmes, dans un domaine donné de leur existence, ces problèmes réapparaissent ailleurs à un endroit parfaitement innocent.

Je ne me trouvai que plus embrouillé encore par sa réponse, plus convaincu que jamais que j'étais prisonnier pour toujours de ma culpabilité inexpliquée, impardonnable.

– Claude, le printemps et la saison de base-ball seront là dans peu de temps, et c'est à cela que je veux que tu penses et je veux que tu essaies d'oublier tout le reste. Comment va ton papa ?

– Il est parti.

Je vis ses lèvres se pincer vers l'intérieur de sa bouche, et il se toucha le front du bout des doigts. Il se passa un moment avant qu'il ne reprît la parole.

– Ne lui en veux pas trop, dit-il. Il reviendra un jour. Tu verras. Entre-temps, dis à Arthur d'être fin prêt pour sa balle rapide.

– Mon père, je suis incapable d'expliquer ce que j'éprouve à l'intérieur de moi.

Je l'entendis lâcher un profond soupir de l'autre côté de la grille.

Ce soir-là, je m'installai près du gros poste de radio à coffre en bois avec son minuscule cadran jaune dans notre salon et j'écoutai le « Louisiana Hayride » tout en huilant mon gant de joueur de champ. Ma mère repassait dans la cuisine. Elle s'était mise à faire des lessives, chose que ne faisaient que les Négresses, à l'époque, à New Iberia. Je m'appliquai à faire pénétrer l'huile Neetsfoot dans le cuir du gant avant de placer une balle au creux de la paume et de nouer les doigts d'une ficelle pour leur donner forme. Les voix des musiciens country à la radio, les applaudissements de leur public me donnaient la sensation de rayonner sur moi, comme s'ils provenaient d'un autre lieu, bien à l'abri et en sécurité, loin de la guerre et des péchés dont le monde était envahi. Je m'assoupis, toujours assis dans le grand fauteuil, ma main à l'intérieur de mon gant de base-ball.

Je m'éveillai au fracas d'une tempête électrique, énorme remous d'air tourbillonnant qui soufflait en rafales autour de la maison, et au bruit d'un bulletin d'information grésillant de parasites sur les vagues d'avions qui couvraient la terre de leur tapis de bombes.

***

L'ouverture de la saison de base-ball ne marqua pas la venue du printemps ; qui arriva un jour en la personne de Rene Le Blanc, transférée d'un internat dans la classe de CM2. Elle avait les cheveux bouclés, couleur châtain, et donnait l'impression de rayonner de lumière lorsqu'elle était assise à son pupitre près de la fenêtre. Ses yeux amande étaient eux aussi pleins de lumière, et vous regardaient sans détours, d'un air curieux qui vous faisait le corps plus lourd, comme si quelque chose y sombrait à l'intérieur. Sa jupe plissée de couleur crème virevoltait autour de ses hanches lorsqu'elle allait au tableau, et tandis qu'elle s'échinait sur un problème d'arithmétique, la craie à la main, le visage songeur, sous l'œil scrutateur de sœur Uberta, je contemplais la courbe lisse et délicate de son cou blanc, la rougeur de ses lèvres, cette manière dont ses cheveux bouclés bougeaient sous le souffle du ventilateur, le relief de sa bretelle de combinaison sous son chemisier, et je trouvais le moyen, perdu dans mes fantasmes, de m'asseoir tout à côté d'elle à la messe du matin ou dans le réfectoire, voire même de frôler sa main moite lors de la partie de balle douce pendant la récréation.

Mais elle avait beau être française et catholique, elle n'appartenait pas au monde cajun qui était le mien. Elle habitait une énorme demeure à colonnades sur Spanish Lake. Avec pelouse immense d'herbe verte, sur laquelle tournoyaient les arroseurs à la lumière du soleil, allée à voitures au sol couvert de petits graviers ronds et ombrée de chênes tendus de mousse espagnole, et sur l'arrière de la propriété, court de tennis au sol d'argile et manège à chevaux au-delà desquels clignait l'eau bleue du lac au travers des cyprès. Certains gamins disaient que c'était une snob. Mais je n'étais pas dupe. Je lui donnai mon cœur. En silence.

L'idée ne m'était jamais venue que viendrait un jour, un moment, où je pourrais le lui offrir ouvertement, mais, par un bel après-midi de printemps, sous un air lourd chargé des senteurs d'azalées, de jasmins et de myrtes en fleurs, tandis que soufflait le vent au travers des bambous et des bouquets de chênes le long d'East Main, je rentrais de l'école en compagnie d'Arthur Boudreau et je vis Rene, seule à l'arrêt de l'autocar, assiégée par toute une troupe.

Une bande de garçons qui vivaient un peu plus loin, près de Railroad Avenue, occupaient le trottoir opposé et l'avaient prise pour cible en lui lançant des noix de pacane. Les noix étaient encore sous coque, humides et moisies, et frappaient Rene dans le dos et sur la croupe ou explosaient sur le mur de brique auquel elle était adossée. Mais son visage empourpré et furieux affichait la détermination d'un petit soldat solitaire, et elle ne cédait pas un pouce de terrain, croisant ses petits poings devant elle comme un chevalier errant.

Non seulement Arthur Boudreau était une terreur dans toutes les bagarres, mais comme lanceur, il avait un bras capable de faire grimacer nombre de batteurs lorsque ceux-ci entrevoyaient une lueur méchante et vicieuse dans son regard. Il est un fait que, des années plus tard, il devait occuper le poste de lanceur en poule C de la Ligue Evangeline de base-ball et les gens disaient de lui qu'il était capable de faire traverser à sa balle un sas de lavage de voiture sans la mouiller.

Nous ramassâmes des noix de pacane à pleines poignées, Arthur se fixa au bras un couvercle de poubelle, et nous voilà à charger le trottoir opposé, en faisant voler une noix après l'autre qui s'en venaient claquer dans les chairs ennemies. Nos adversaires tentèrent bien de résister mais Arthur était sans pitié et ils le savaient. Il cloua un garçon d'un projectile dans la nuque, un autre en plein sur l'oreille, avant d'écraser son couvercle de poubelle dans la figure du chef de la bande. Laquelle bande tourna les talons et s'enfuit au pas de course par une rue latérale en direction des quartiers sud de la ville, toujours criant à notre adresse tandis qu'un des membres de la troupe nous offrait un doigt bien raide en signe d'impuissance.

– Revenez par ici et je vous fourre la poubelle dans le trou de balle à coups de pompe, leur hurla Arthur.

Rene frotta les taches vertes sur son chemisier. Ses joues restaient encore cerclées de rougeurs.

– Demain, nous t'accompagnerons au cas où ces mecs reviendraient, dis-je.

– Je n'avais pas peur, dit-elle.

– Ils sont méchants, ces mecs-là. L'un d'eux a frappé le petit frère d'Arthur à coups de baguette.

Mais elle ne mordait pas à l'hameçon. Elle laisserait ces mecs lui balancer leurs noix de pacane tous les après-midi avant d'aller demander de l'aide. Elle était de ce bois-là, un vrai petit soldat.

– J'ai cinq *cents,* dis-je. On peut se prendre deux Popsickle chez Veazey.

Le visage de Rene hésita un instant, puis ses yeux me sourirent.

– On est trois, dit-elle.

– Moi, je n'en veux pas. Ma mère me prépare toujours quelque chose quand je rentre à la maison, dis-je.

– J'ai un peu d'argent, dit-elle. C'est moi qui régale aujourd'hui. Regarde l'éraflure que tu as au bras. Tu peux attraper le tétanos avec ça. C'est affreux. Tu as les mâchoires qui se transforment en pierre et on est obligé de te nourrir par un tuyau qu'on te passe dans le nez.

Elle mouilla son mouchoir de sa langue et frotta la zébrure rouge que j'avais au bras.

– Je vais prendre des pansements chez Veazey et aussi de la teinture d'iode et de l'alcool, et ensuite, il faudra que tu ailles à l'hôpital pour te faire faire des piqûres, dit-elle. Tiens, je vais nouer le mouchoir par-dessus pour empêcher l'infection jusqu'à ce qu'on puisse laver la plaie. L'air est plein de microbes.

Nous descendîmes tous les trois jusqu'au magasin de glaces situé tout à côté du pont mobile qui reliait les deux rives du Bayou Teche. Des cyprès poussaient le long des berges et, de l'autre côté du pont, le petit hôpital de pierre grise dirigé par les sœurs s'enfonçait dans les profondeurs ombreuses des chênes. Des glycines à fleurs mauves s'accrochaient à leur palissage près du couvent mitoyen, et j'aperçus quelques-unes des sœurs, en habit de travail blanc, occupées à leur potager. Rene, Arthur et moi étions assis sur le pont à déguster nos cornets de glace, nos pieds ballant dans le vide au-dessus de l'eau, en suivant des yeux un crevettier qui descendait lentement le bayou au milieu du couloir d'arbres et de bambous. Je savais que ce long ruban d'eau brune encadrée de cyprès se jetait en bout de course dans la grande salée, là où j'étais convaincu qu'attendaient toujours des sous-marins nazis, prêts à brûler et à noyer tous les braves gens de cette terre mais, par cet après-midi de printemps, sous le vent qui soufflait dans les arbres en venant ébouriffer la surface de l'eau sous nos pieds, tandis que flamboyaient de rouge et de jaune les hibiscus sur la pelouse du couvent, la guerre s'était pour moi arrêtée, pareille au tonnerre de chaleur en train de mourir à vide au-dessus du golfe.

De petites gouttes de pluie commencèrent à piqueter le sol poussiéreux de la cour de récréation. Au travers des bambous qui poussaient le long des berges du bayou, je voyais le courant d'eau brune se creuser lui aussi de fossettes. J'étais avec quatre autres garçons au coin du bâtiment de l'école et Arthur Boudreau tenait dans la paume une mince boîte cartonnée fermée de Cellophane.

– Tends la main, dit-il.

Le reste de la troupe était tout sourire.

– Tends la main. Qu'est-ce qui se passe, t'as peur ? dit-il.

– Un jour, t'as mis du chewing-gum dans la main d'un mec.

– Bon, vaudrait mieux que tu te mettes pas à mâcher ces trucs-là, dit-il en m'agrippant le poignet pour presser au creux de ma main la mince boîte blanche illustrée par l'image d'un cheval de Troie noir.

Je contemplai l'objet d'un air stupide. J'avais l'impression que ma main et mon visage étaient morts. Tous les garçons riaient à gorge déployée.

– C'est probablement cinglé. Je ne veux pas de ces choses-là, dis-je, élevant la voix, avant qu'elle ne s'étrangle dans ma gorge comme un clou rouillé.

– Désolé, elles sont à toi, maintenant, dit Arthur.

J'essayai de repousser la boîte et de la rendre à Arthur. J'avais le corps pétrifié, de la tête aux pieds, la peau salie par une chose immonde et obscène.

– Je les ai trouvées derrière la salle de billard de Provost. Y'a un distributeur dans les toilettes pour hommes, dit Arthur.

Je déglutissais, la gorge sèche, le cœur claquant dans ma poitrine. Le visage me piquait, la peau engourdie, comme s'il venait de recevoir une gifle.

– Tu es mon ami, Arthur, mais je ne suis pas partant pour ce genre de plaisanterie, dis-je.

Je savais ma voix faible et enfantine, je ne m'en sentis que doublement honteux.

– Je ne suis pas partant pour cette plaisanterie parce que je vais pisser dans mes petites couches et ma mamman, elle va être furieuse contre moi, dit l'un des autres garçons.

Puis un deuxième membre du groupe lança un regard de côté et murmura :

– Y'a la sœur qui regarde.

À trente mètres de là, sœur Uberta nous contemplait d'un œil égal plein de curiosité, le corps et les pans de son habit absolument immobiles.

– Oh, merde, dit Arthur en poussant tout notre groupe derrière le coin du bâtiment.

Je m'emmêlai les pieds et me mis à tourner stupidement en cercle, tandis que ma main essayait toujours de lui rendre la boîte.

– Donne-moi ça, dit-il.

Il glissa la boîte dans la poche revolver de son jean et se dépêcha vers l'extrémité opposée du bâtiment sous la pluie douce. Les semelles de ses tennis décalquaient leurs empreintes dans la poussière sous les arbres.

– Balance ça dans la coulée, lui cria un des garçons.

– Des clous, oui. Vous n'avez pas fini d'en entendre parler de ces bébés, répondit-il.

Il nous sourit de toutes ses dents, comme une araignée devant sa proie.

***

Il pleuvait fort à notre retour dans la salle de classe. Les gouttes de pluie tintaient d'un bruit métallique sur l'aérateur de la fenêtre tandis que sœur Uberta décomposait une phrase complexe au tableau noir. Puis nous prîmes conscience que nous écoutions dans le même temps un autre bruit – un cognement sourd et rythmé pareil à un poing mou sur la vitre de la fenêtre.

Sœur Uberta s'interrompit, l'air incertain, la craie à la main, et tourna la tête vers la fenêtre. Son regard se fit alors plus aigu, le sang quitta son visage, ses mâchoires marquées par la crête d'os du maxillaire.

Arthur Boudreau avait rempli le préservatif d'eau, noué une ficelle à une extrémité et suspendu le tout depuis le second étage de sorte que l'objet pendait au niveau de la fenêtre et se balançait d'avant en arrière sous l'effet du vent en venant battre contre la vitre. On aurait dit un nez bulbeux et obscène plaqué contre le verre zébré de gouttelettes de pluie.

Certains des élèves de la classe ne savaient pas de quoi il s'agissait ; d'autres gloussaient, raclant les pieds de plaisir sous leur pupitre, à essayer de cacher leur visage jubilant sur le plateau des tables. Je regardai sœur Uberta, plein d'effroi. Elle avait le visage dur et brillant de colère, ses yeux furieux pris dans une nasse de réflexions contradictoires. Puis elle ouvrit le tiroir de son bureau, en sortit une paire de ciseaux, souleva le châssis de fenêtre avec bien plus de force que je ne l'en aurais cru capable et, d'un geste rapide, coupa la corde, laissant tomber comme une pierre le préservatif sous la pluie.

Elle baissa le panneau de fenêtre coulissant d'une main et la salle se figea dans un silence absolu. Une minute durant, il n'y eut pas le moindre bruit. Je ne pouvais supporter de la regarder. J'examinai mes mains, étudiai mes lacets défaits, la jambe d'Arthur Boudreau étendue comme si de rien n'était jusqu'au milieu de l'allée. Une goutte de transpiration solitaire coula de mes cheveux et s'écrasa sur le dessus de mon pupitre. Je déglutis, relevai la tête et vis que le regard de sœur Uberta était fixé droit sur moi.

– C'est bien ce que tu avais sorti dans la cour, n'est-ce pas ? dit-elle.

– Non, ma sœur, dis-je avec désespoir.

– N'essaie pas d'arranger ton affaire par des mensonges.

– C'était juste une boîte. Et ce n'était pas la mienne.

Je me sentis mis à nu par ses paroles. Tous les élèves de la classe avaient les yeux sur moi. Le visage me cuisait au travers d'un brouillard de lumière mouillée. Et je vis Rene Le Blanc qui me regardait.

– C'est quelqu'un d'autre qui t'en a donné l'idée, mais tu l'as fait, n'est-il pas vrai ? dit-elle.

– Je n'ai rien fait. Je le jure, ma sœur.

– Ne t'avise pas de jurer, Claude. Je t'ai vu, dans la cour.

– Vous n'avez pas bien vu, ma sœur. Ce n'était pas moi. Je vous le promets.

– Tu as pris la boîte des mains d'Arthur et ensuite, tu as fait rigoler tout le monde en faisant le fanfaron, quand tu leur as dit ce que tu avais l'intention de faire.

– Je ne savais pas ce qu'il y avait dans la boîte. Je l'ai donnée...

– Tu t'es dépêché de tourner au coin du bâtiment avec la boîte quand tu m'as vue en train de vous observer.

Je tournai mes regards vers Rene Le Blanc. Elle était abasourdie, totalement désorientée. Cela se lisait sur son visage. J'éprouvais la sensation de me noyer sous le regard des autres, je me sentais hideux et pervers à ses yeux comme aux yeux de tous les gens honnêtes de cette terre.

– Regarde-moi, dit sœur Uberta. Tu n'as pas fait cela de ton propre chef. Arthur t'y a incité, et il ira m'attendre dans le bureau du père Melancon à quinze heures. Mais toi, tu vas rester dans cette salle et tu me diras la vérité.

– Il faut que j'aide mon papa à la station-service, dit Arthur.

– Non. Certainement pas aujourd'hui, dit sœur Uberta.

Jusqu'à la sonnerie de fin des cours, je gardai les yeux rivés sur le dessus de mon pupitre, à écouter les battements de mon cœur tandis que la sueur me dégoulinait sur les flancs. Il m'était impossible de relever les yeux pour regarder à nouveau Rene Le Blanc. Le moment où j'aurais pu me disculper s'était soldé par un échec. C'était maintenant du passé, et la classe écoutait la sœur parler de la conquête normande en m'abandonnant, seul, avec ma coupe de bile amère, à attendre, la peur au ventre, la chamade au cœur, dans mon jardin de Gethsémani. À la sonnerie de quinze heures, mon corps tout entier tressaillit d'une décharge derrière son pupitre.

Les élèves, après passage au vestiaire pour prendre leurs manteaux et leurs parapluies, prirent la poudre d'escampette, direction la maison. Puis la sœur envoya Arthur dans le bureau du père Melancon en attendant de l'y rejoindre. Je le regardai en face, en plein visage, une seule fois, en priant devant mon propre manque de courage qu'il acceptât d'admettre sa culpabilité et de m'extirper ainsi de mon ordalie. Mais Arthur, bien qu'étant un être de principes à sa manière maligne et espiègle, n'était pas de ceux dont il était aisé de prévoir exactement les réactions. Je me retrouvai seul en compagnie de sœur Uberta dans le silence humide et immobile de la salle de classe.

– Tu as commis un acte grave, Claude, dit-elle. Refuses-tu toujours de reconnaître ce que tu as fait ?

– Je n'ai rien fait.

– Bon, très bien, parfait, dit-elle. En ce cas, c'est ce que tu vas écrire sur cette feuille de papier. Tu écris que je ne t'ai pas vu avec quelque chose dans la cour et que tu ne sais rien à rien de ce qui est arrivé cet après-midi.

– Je vous hais.

Les mots claquèrent dans ma tête comme un lâcher d'élastique. Je ne pouvais croire que j'avais dit cela.

– Qu'est-ce que tu as dit ?

Le visage me brûlait, la tête me tournait si fort que je dus agripper le dessus du pupitre comme si j'étais sur le point de tomber.

– Lève-toi, Claude, dit-elle.

Je me mis debout, les muscles tremblant à l'arrière de mes jambes. Le visage de la sœur était blanc, et ses globes oculaires allaient et venaient, d'avant en arrière, en mouvements furieux.

– Présente-moi la main, paume ouverte, dit-elle.

Je tendis la main et elle frappa la paume de sa règle à section triangulaire. Mes doigts se replièrent d'un geste involontaire et la douleur remonta jusque dans l'avant-bras.

– Je vous hais, dis-je.

Elle me fixa droit dans les yeux, le regard dur, l'air incrédule, puis m'agrippa le poignet bien serré entre ses doigts et assena un deuxième coup de règle. J'entendais le souffle de sa respiration, je voyais perler des gouttes de sueur, grosses comme des têtes d'épingles, à son front sous sa guimpe. Elle me frappa une fois encore, les yeux sur mon visage, à attendre d'y lire un signe de douleur, une larme, une trace de choc. N'y voyant rien, elle me fouetta de sa règle, par deux fois. Son visage tremblait, aussi blanc et brillant qu'un os qu'on aurait poli. Puis soudain, je vis ses yeux se briser, son expression se décomposer, sa bouche s'ouvrir béante sur un gémissement, avant qu'elle ne lance les bras en avant pour me saisir à plein corps et me serrer tout contre elle, ma tête sur sa poitrine. Elle pressait son visage contre mes cheveux et pleurait sans pouvoir se contenir, à chaudes larmes qui me coulaient sur la joue.

– Allons, allons, tout va bien, maintenant, disait le père Melancon.

Il était entré en silence dans la pièce et avait posé ses grosses mains sur les épaules de sœur Uberta.

– Descendez en vitesse à mon bureau et attendez-moi. Tout va très bien maintenant.

– J'ai fait une chose terrible, mon père, dit-elle.

– Ce n'est pas si grave. Allez et attendez-moi. Tout va bien.

– Oui, mon père.

– Ne vous en faites pas.

– Oui, oui, je vous le promets.

– C'est bien, petite, dit-il.

Elle toucha ses larmes de la main, écarquilla les yeux avec raideur et quitta la salle de classe, traits tendus, visage vide. Le père Melancon referma la porte et s'assit sur le banc tout à côté de moi. Il paraissait bien grand et bien étrange, drôle, à vrai dire, à cette petite table d'écolier.

– Arthur m'a appris que c'était lui le responsable de tout ceci, dit-il. Je regrette simplement qu'il ne l'ait pas reconnu plus tôt. Elle a été plutôt dure avec toi, hein ?

– Pas tant que ça. Je sais encaisser.

– Ça, c'est parce que tu es un mec de première. Mais il faut que je te dise quelque chose à propos de sœur Uberta. Je te confie ça, entre hommes, ça ne doit pas sortir d'ici. Tu comprends ?

– Bien sûr.

– Tu sais, il nous arrive parfois de regarder quelqu'un et de n'en voir que l'extérieur. En d'autres termes, nous ne voyons que le rôle que cette personne joue dans nos propres existences, et nous oublions que cette même personne a peut-être une autre vie dont nous ne connaissons rien. Tu vois, Claude, il y avait un garçon là-bas, dans le Michigan ; un garçon que sœur Uberta a failli épouser avant que, pour une raison ou pour une autre, elle ne choisisse le couvent. Ç'a été probablement une erreur. Ce n'est pas une vie facile ; on les enferme à double tour, on les mène à la baguette et ces habits noirs qu'elles portent ressemblent probablement à des fours portatifs.

Il s'interrompit et fit cliqueter ses ongles sur le pupitre avant de porter son regard droit sur mon visage.

– La semaine dernière, elle a eu un très lourd fardeau à porter. Elle a appris que le bateau de ce garçon avait été torpillé dans l'Atlantique Nord, et bon, je crois que son petit marin a sombré avec son navire.

– Je suis désolé, dis-je.

– Alors, allons lui montrer que nous sommes d'avis que c'est une sœur très bien. Elle reprendra ses esprits sans dommage si nous faisons les choses bien.

Nous restâmes assis en silence un moment, côte à côte, pareils à Mutt et Jeff devant leurs deux pupitres.

– Père, je lui ai dit que je la haïssais. C'était un péché, n'est-ce pas ?

– Mais tu ne le pensais pas vraiment, je me trompe ?

– Non.

– Claude, vois les choses de la manière suivante...

Son visage prit un air de concentration, puis il regarda par la fenêtre et tout le sérieux qui baignait son regard s'évanouit.

– Écoute, le soleil est de sortie. Nous pourrons quand même faire entraînement de base-ball après tout, dit-il.

Il se leva du pupitre, ouvrit la fenêtre en grand et la brise semée de gouttelettes souffla dans la pièce. Il plissa les yeux en regardant la cour de récréation.

– Viens ici une minute, dit-il. Est-ce que ce n'est pas Rene Le Blanc là-bas, près des chênes ? Je me demande qui elle peut bien attendre.

Deux minutes plus tard, je descendais les marches d'un bond, enjambant au pas de course les flaques creusées de fossettes sous les arbres, et adressais de grands signes à Rene, debout sous le soleil juste à l'écart des ramures de chênes dégouttant de pluie, son tablier jaune éclatant de lumière sur fond de glycines et de myrtes, son visage, une fleur en train de s'épanouir, dans l'air brillant lavé par la pluie.

Sœur Uberta repartit vers le nord cette année-là. Jamais plus nous ne la revîmes. Mais il m'arrive parfois de rêver aux eaux troublées d'un océan vert infini à l'horizon noir tremblant d'éclairs, et c'est plein d'effroi que je découvre alors les formes sombres gisant sous leur surface, et je m'éveille, trempé de sueur, un nom muet au bord des lèvres – celui de sœur Uberta, de son marin noyé, le mien – et je m'assieds doucement au bord du lit pour attendre l'aube grise et les premiers chants d'oiseaux, et rien qu'un instant, un instant seulement, je pleure sur le peuple de Dieu, de crainte que notre innocence ne nous entraîne, sans le vouloir, à nous laisser glisser aux flancs de ce monde pour ne plus jamais connaître le contact tendre et douloureux de l'humanité.

Le pilote

Autour de la zone pétrolifère de Louisiane, il en est certains qui disent que mon hydravion n'est qu'un coucou plein de traînées de rouille, aux vitres fendues, rafistolé au fil de fer, quelque chose de bien spécial, tout juste digne d'un ivrogne de pilote à la tête avinée ou d'un de ces mecs du sud-de-la-frontière qui se reniflent un peu trop de leur propre sucette à blair avant d'entrer en Colombie. Mais il flotte aussi bien qu'un canard sur des creux de mer de deux mètres cinquante, et il a un moulin capable de vous fouetter les sangs d'un lac pour n'en laisser qu'un lit plat de boue sèche. Je lui donne un peu de jus et le voilà capable de virer sur l'aile en s'appuyant sur une couche d'air chaud et de se poser sur un mouchoir mouillé lorsque je le désire. J'ai épandu les engrais sur les champs du Texas et j'ai dessiné mes lettres sur le ciel de Californie. C'est pour ces raisons que je ne vois rien de bien difficile à voler jusqu'à des puits au large ou des forages de compagnies encore au stade de chercher le pétrole à la baguette de sourcier, voire à me poser à même la surface d'un bayou.

Par exemple, prenez le jour où je suis sorti d'un ciel tout bleu et bien brûlant avant de pousser les gaz pour franchir la crête des arbres et me laisser dériver comme un cerf-volant de papier jusque sur Bayou Teche, juste aux abords de New Iberia, là où je gardais ma péniche à deux niveaux à l'ancre près d'une berge envahie de cyprès. Elle ne s'attendait pas à mon arrivée, tout au moins pas de cette manière, jaillissant droit du ciel comme un boulet, à faire voler les gerbes d'eau de mon tirant de queue sur toutes les fenêtres et la lessive, ce qui ne manqua pas d'amuser les Noirs venus pêcher au coup sous les arbres. Je crois que j'avais dans l'idée de la surprendre, de la voir remonter son blue-jean sur son ventre plat et de l'observer, lui, en train de se préparer un verre devant l'évier comme si de rien n'était, avant de l'entendre me dire qu'il avait un autre boulot pour moi à Belize.

Au lieu de quoi je la trouvai à décortiquer des écrevisses en buvant une Jax à même la bouteille à la table de cuisine. La porte opposée était ouverte, et les contours de son corps donnaient l'impression de miroiter dans les éclats de lumière brillante qui se reflétaient du bayou.

Comment faites-vous pour dire à votre épouse que le mec qui la tringle est un criminel de guerre nazi ?

– Klaus Stroessner est quoi ? dit-elle.

L'extrémité de ses cheveux blonds bouclés était brûlée par le soleil, et elle ne portait pas de soutien-gorge sous sa chemise en tricot. Elle avait de longues jambes de danseuse, les bras lisses et hâlés, les mains toujours rapides et sûres d'elles-mêmes lorsqu'elle travaillait. Au travers de sa chemise, je voyais le petit drapeau américain qu'elle portait tatoué au-dessus du cœur.

– Voici la photo, dans *Life magazine.* Il ne vient pas d'Argentine. Il était gardien à Dachau. C'est lui, là, debout près des potences.

Elle étudia la photographie, les ongles occupés à cliqueter sur la bouteille de bière. Elle replia les jambes et se frotta le dessus d'un pied nu.

– Comment sais-tu que c'est lui ? dit-elle.

– Il n'a même pas changé de nom. Et regarde-moi un peu l'arrogance de ce profil. Même trente-neuf années ne pourraient changer ça.

– C'est une coïncidence et toi, te voilà reparti à imaginer des choses. Klaus est un monsieur, il a grandi dans un ranch dans la pampa. Sa mère vit toujours à Buenos Aires. Il lui est très attaché.

– Je sais que...
– Qu'est-ce que tu sais ?
– Je sais que...

... il te fait monter sur lui au Holiday Inn *de Lafayette, il t'offre de la langouste au* Court of the Two Sisters – Le Motel des Deux Sœurs – *à La Nouvelle-Orléans, il passe ses mains sur ton corps dans les vagues à Biloxi pendant que tu dégoulines d'écume, de clair de lune et de guirlandes de rires.*

– J'ai déposé les géologues à Morgan City très tôt. Je me suis dit que nous pourrions...
– Quoi ? dit-elle.
Ses yeux s'étaient fixés sur les saules pleureurs jaunissant sous la canicule, de l'autre côté du bayou. Des yeux bleus et vides.
– Peut-être aller à...
– Qu'est-ce que tu veux, Marcel ?
– Peut-être aller manger quelque part.
– Je vais me changer.
Elle alla dans la chambre et ferma la porte, et je m'appuyai contre le réfrigérateur, la tête sur mon bras.

***

Klaus Stroessner nage ses presque deux kilomètres par jour dans sa piscine turquoise en forme de haricot. Il a la peau lisse, de la même couleur et aussi ferme que l'intérieur d'une coquille de palourde. Il rayonne de santé. Il porte ses cheveux gris métal – de ce métal dont on fait les armes à feu – gominés, peignés vers l'arrière du crâne ; il arbore trois cicatrices, restes de ses duels, qui brillent d'un éclat terne au sommet de son front ; il sent le chlore, l'eau de cologne, le savon d'importation, le vin de Bordeaux, la cuisine sud-américaine qu'il mange, les pays qu'il a occupés ; il sent ma femme.

Moi, je suis un coonass [1] de Louisiane élevé au *boudin* et au *couche-couche,* au riz et aux boulettes de lépidostée. Ce qui signifie quoi ? Je suis court sur pattes, le corps trapu et lourd, et à force de boire de la bière et de manger des écrevisses, j'ai des kilos à perdre ; je suis mal dans ma peau et je me sens perdu chaque fois que je quitte la région de Bayou Teche ; je n'ai pas l'esprit très vif ; peut-être bien que je suis stupide.

J'étais dans son patio près de la piscine dont l'eau clignait vers nous sous un soleil matinal, et je le regardais qui mangeait ses œufs mollets en costume de crépon de coton. Ses vêtements de prix crissaient de fraîcheur et de propreté.

– J'ai des amis qui vous ont vus tous les deux, dis-je. J'ai la facture du service de chambre qu'elle a signée pour vous à Lafayette.

– Tu bois trop le soir, Marcel, alors tes peurs et tes hallucinations te reprennent au matin. Si tu veux boire, prends des vitamines et de l'aspirine avant de te coucher.

Le *Times-Picayune* était posé à côté de son coude, plié à la page boursière, et il lisait en dégustant ses œufs à la petite cuillère.

– Savez-vous ce que vous pouvez vous ramasser par ici, à tringler la femme de quelqu'un d'autre ? Je pourrais vous descendre et m'en tirer comme une fleur. Et en plus, vous êtes un criminel de guerre nazi.

– Marcel, Marcel, dit-il avec patience, assieds-toi, prends un peu de café et arrête de raconter des choses sans queue ni tête. Est-ce que tu veux faire un nouveau voyage pour moi à Belize ?

– Vous n'aviez que dix-neuf ans quand cette photo a été prise, mais c'est bien vous et vous êtes dans ce pays illégalement et je vais vous dénoncer.

1. Littéralement, « cul de raton-laveur », plus une déformation du français « connasse » : surnom injurieux donné par les « Yankees » du Nord aux Cajuns, lesquels ont aujourd'hui récupéré ce terme grossier en leur faveur en arborant avec orgueil des T-shirts où ils ont imprimé le slogan, « *I'm proud to be a coonass* » — Je suis fier d'être un coonass. *(N.d.T.)*

– Personne ne se soucie de ces choses-là, sauf peut-être quelques Juifs d'avant le déluge auxquels personne ne prête attention.

– Mais l'oncle Sam s'en soucie, lui. Attendez donc qu'il vous réexpédie vos fesses en Allemagne.

– Je suis un citoyen et un homme d'affaires, Marcel. Veux-tu que j'appelle quelques amis à moi au Département d'État pour que tu puisses bavarder avec eux ? Je crois que ça te ferait du bien.

Il me sourit, ses verres de lunettes sans monture pleins de lumière. Les cicatrices de ses duels qui marquaient le haut du front ressemblaient à la patte griffue d'un petit oiseau.

– Tu sais quelles affaires je traite. Iraient-ils engager un nazi ? Pose-toi la question.

– Écoutez-moi à mon tour, Klaus – j'ai un Luger neuf millimètres sur la péniche, probablement l'un de ceux que vos potes ont utilisés pour exécuter les résistants. Vous essayez encore une fois de faire votre petite cuisine avec Amanda et je vous le colle dans le bec avant de vous transformer la cervelle en marmelade.

– Elle m'a dit qu'elle se faisait du souci pour toi. Je crois qu'il faudrait que tu parles à un psychologue. J'en connais plusieurs à Lafayette. Je te prêterai l'argent au besoin.

Je le quittai et partis au volant de ma camionnette jusqu'à un bar sur Bayou Teche où je m'enivrais en écoutant tous les disques cajun du juke-box. Tout ce que j'avais dit à Klaus n'était que du bluff. Je ne possédais pas d'arme à feu, et je n'avais jamais enfreint la loi de toute mon existence sauf à une occasion : j'étais encore gamin et je m'étais ramassé huit mois à la ferme-prison d'Angola en 1955 pour avoir transporté un chargement de whiskey en fraude en Louisiane du Nord. Je me sentais plein de culpabilité, voilà tout, et j'étais mal, malade à cœur à cause d'Amanda. Je l'aime, ce foutu pays. Les nazis sont censés être relégués aux vieux films d'actualité en noir et blanc. Pourquoi y en a-t-il un à New Iberia qui tringle ma femme ?

Parce que je l'ai laissé faire. J'ai volé pour lui.

Il m'avait dit qu'il s'agissait de pièces détachées de machine pour Belize. Mais le Nicaraguayen qu'il m'avait collé dans l'avion à Miami me fit signe de continuer ma route une fois sur Belize, direction le Guatemala. Je commençais à en avoir ma claque, moi, de ce Nicaraguayen, parce que je m'étais fait avoir quand l'un des moteurs babord du DC-6 se mit à avoir des ratés, à vibrer et cracher son huile noire sur l'aile. Je fus obligé de le couper et de mettre l'hélice en drapeau avant qu'elle ne s'arrache du moteur, ce qui signifie que j'ai dû mettre en drapeau le moteur correspondant sur l'aile tribord. Conclusion : nous transportions à peu près trois wagons de caisses pleines de métal au-dessus des montagnes avec une puissance disponible diminuée de moitié.

La lune était pleine et les crêtes des montagnes couvertes d'une jungle verte et noire nous arrivaient dessus à toute vitesse. Je tirai sur le manche à pleines mains et donnai tout le jus que je pouvais donner pendant que l'homme de Klaus gémissait à mes côtés – en se mordant les poings. Les masses d'air descendant martelaient les ailes et j'entendis quelque chose se rompre à l'arrière et une partie de la cargaison se mit à glisser dans la soute. Je compris alors que nous avions le choix : ou bien la carcasse allait voler en morceaux en plein vol et se mettre à pleuvoir sur la jungle comme un dépôt de ferraille en train d'exploser, ou alors, nous allions nous planter en plein dans une falaise rocheuse avant de remplir le ciel d'une explosion de tonnerre et de lumière jaune.

Mais je crois beaucoup à la prière, et comme je l'avais prévu, je me laissai plonger au milieu d'un passage étroit entre deux montagnes, vis la vallée s'ouvrir devant moi, une longue rivière brillante bordée de champs de café. Je m'essuyai les paumes sur mon coupe-vent tandis que le paysage plat et géométrique sous le clair de lune défilait, comme il fallait s'y attendre, sous nos pieds, trois cents mètres plus bas.

– Relaxe, podna [1], dis-je à l'homme de Klaus, le Nicaraguayen. T'as l'air aussi mal à l'aise qu'un glaçon dans une

1. Comme *podjo*, variante dialectale en Louisiane de *partner*, partenaire, collègue. *(N.d.T.)*

poêle à frire. C'est bien le terrain, là où brûlent les pneus de camion, non ?

Son visage était blanc et noyé de sueur à la lueur des instruments du tableau de bord. Il ne cessait de se tordre le cou vers l'arrière de l'appareil, derrière la cabine de pilotage, là où roulait et claquait une partie de la cargaison, la bouche trop sèche, bien trop crispée par la peur pour dire quelque chose.

– Ces trucs ne vont pas s'envoler, t'inquiète pas, dis-je. S'ils n'ont pas crevé les nervures du fuselage jusque-là, ce n'est pas maintenant qu'ils vont le faire.

– Des trois point cinq, dit-il.

– Quoi ?

– Des roquettes pour bazookas. Sont déjà instables comme ça. Y'en ai vou exploser avec mon cousin à l'arrière de sa Yeep.

Je pris une profonde inspiration, retins mon souffle, et descendis en douceur sur la piste d'atterrissage en terre, éclairée par deux rangées de torches sifflantes fichées à même le sol. La piste était courte, et j'étais debout sur les freins lorsque j'arrivai au mur d'eucalyptus en bout de terrain. Une énorme caisse vint s'écraser contre la cloison de la cabine derrière mon siège.

– Klaus, c'est vraiment le mec qui sait vous distraire.

⁂

Des Indiens de petite taille en tenue de camouflage avec, sur le crâne, des casques d'acier de l'armée des États-Unis, déchargèrent toute la cargaison. Les petites denrées voyageuses et non périssables de Stroessner incluaient des lance-flammes capables de vous cirer un visage et de le transformer en œuf au four, des Garand et des Thompson à même de faire gicler cœurs et poumons jusque sur les arbres, des grenades, des mortiers, des roquettes bonnes à changer un village tout entier en pâtée pour chiens.

Je décidai de laisser aux Guatémaltèques le DC-6 de Klaus, avec son moteur foiré et sa soute aux relents de mort, pour prendre un avion régulier qui me ramènerait à Miami ou à La Nouvelle-Orléans. Le commandant, un ami du Nicaraguayen, m'offrit de me ramener au village dans sa jeep. L'air était chaud, chargé des odeurs de caféiers plantés en longues rangées qui remontaient jusqu'au cirque de montagnes, et la rivière au clair de lune se reflétait en petits clins de lumière au travers des épais bouquets de bananiers qui poussaient le long de ses rives. Nous arrivâmes au village sous l'aube naissante qui venait créneler de sa lumière les pics montagneux à l'est. L'air immobile était d'un silence tel dans les rues pavées de cailloux, sous la lumière du petit jour gris qui découvrait petit à petit les toits de tuile luisants, les maisons d'adobe couleur de rouille mouillées de zébrures de rosée, les colonnades et les auges à chevaux en pierre de la place carrée, qu'il était difficile de croire que la vie de ces gens s'alignait en ligne de mire sous les viseurs métalliques des fusils que Klaus vendait à des ramollis du cerveau sans morale.

Je remerciai le commandant, petit homme trapu portant moustache à l'allure de contrôleur de tramway, et lui demandai où je pourrais prendre un autocar qui me mènerait à une ville disposant d'un aéroport.

– Non, non, vous rester ici jusqu'à l'avion réparé, dit-il avec un geste de sa petite main dont on aurait dit qu'elle chassait les mouches. Très dangereux pour vous par là-bas. Les communistes tuent plein de gens sur la route. Ici, en sécurité.

Et il me boucla dans la prison du village.

Deux semaines durant, j'assistai à une guerre au travers des barreaux de ma fenêtre. Tous les matins, des camions chargés de soldats descendaient la rue empierrée pour s'engager dans les collines. Je les voyais remonter une route en épingle à cheveux à flanc de montagne, des rafales d'armes légères se mettaient à éclater, pareilles à des filées de pétards, puis les ombres de deux hélicoptères de combat venaient rayer les toits du village, battant l'azur vitreux de leurs pales. Les soldats s'aplatissaient au sol, à l'abri des lacets de la route, tandis que les mitrailleurs de flanc arrosaient la ligne des arbres avant de céder la place aux lanceurs de roquettes crachant leur fumée, tandis que des boules de flammes s'élevaient de la jungle comme des ballons orange.

Un après-midi, les soldats revinrent avec six prisonniers, ligotés l'un à l'autre par les poignets à l'arrière d'un camion de l'armée. Les hommes allaient pieds nus, ils étaient couverts de poussière et la sueur leur dégoulinait du visage en traînées claires. Les soldats les firent avancer au pas ; l'un d'eux tomba au sol en passant devant ma fenêtre, et un soldat le frappa du pied avant de le remettre debout en l'agrippant par les cheveux.

– Qu'est-ce qui va leur arriver, à ces mecs ? demandai-je à l'un des voleurs alcooliques qui partageaient ma cellule.

– L'attachent à une gégène.

Tout en gloussant, il se mit à pomper des cercles dans l'air, poings serrés sur des pédales de bicyclettes invisibles.

– Quand y téléphonent à oune communiste, y répond toujours.

Je ne revis plus jamais les prisonniers et je ne sais ce qu'il est advenu d'eux. Mais trois jours avant qu'on me laisse sortir, je vis le travail des brigades de la mort à l'ouvrage. Un prêtre américain, au volant d'un vieux camion à plateau, ramena les corps de seize Indiens qui avaient été abattus dans un fossé à l'extérieur de la ville. Les policiers se nouèrent un mouchoir sur le nez et alignèrent les cadavres au sol sous les colonnades. Il faisait une chaleur brûlante ce jour-là et j'entendais les grosses mouches à viande de couleur bleue bourdonner dans l'ombre. On avait attaché les pouces des morts derrière leur dos à l'aide de fil de fer, et le flic chargé de sectionner les attaches suait à grosses gouttes derrière son bandana. Parmi les victimes se trouvaient deux grosses femmes entre deux âges. Le vent soulevait leurs jupes poussiéreuses en exposant aux regards sous-vêtements et cuisses gonflées. Le prêtre sortit un morceau de toile d'auvent à rayures de son camion et en couvrit leur bas-ventre.

Le voleur alcoolique installé à la fenêtre tout à côté de moi se mit à glousser. Lorsque les autres détenus parvinrent à me l'arracher des mains, il avait ravalé la moitié de sa langue.

Amanda se brosse les cheveux devant le miroir de la coiffeuse. Sa bouche aux lèvres rouges se relève à chaque coup de brosse. Elle porte une chemise de nuit couleur orchidée que je ne lui ai encore jamais vue et son parfum est tout nouveau. On dirait l'odeur des belles-de-nuit en train de s'ouvrir le long des berges du bayou quand vient le soir. Je mets mes mains sur ses épaules, je lui masse la nuque. Elle ne résiste pas, pas plus qu'elle ne manifeste une quelconque gratitude. Le muscle est d'une tonicité parfaite, la peau lisse comme une sculpture de stéatite.

Je sens toute ma résolution, tout le respect que j'ai de moi-même, me quitter, pour se changer en érection. Je commence à toucher Amanda sur tout le corps.

– Arrête, Marcel.

Mes mains se changent en bois.

– C'est arrivé tôt ce mois-ci, dit-elle.

Je ne te crois pas. Tu t'es envoyée en l'air avec Klaus cet après-midi.

– Quoi ? dit-elle.

Elle rejette la tête en arrière et reprend son brossage.

– Nous pourrions voir un conseiller conjugal, dis-je. Y'a des tas de gens qui le font. Tu exposes tes problèmes devant une tierce personne.

– Pour moi, ce genre de comportement est stupide.

Son accent change. Son papa était bûcheron payé à la pièce et elle a grandi sur les routes, du Montana au Maine, à l'arrière d'un camion. Elle a un temps fait partie d'une secte de protestants fondamentalistes en Floride, mais lorsque je l'ai rencontrée, elle était serveuse en salle dans un bar de Galveston, juste un cran au-dessus d'un hôtel de passe.

– Tu crois peut-être que je devrais aller faire la fête ailleurs et me trouver une petite jeunette bien tendre qui tricote bien des guibolles ?

– Ce n'est pas ton style, Marcel.

Elle se mord un ongle et l'examine.

– T'as raison.

Mais à une époque, notre style à tous les deux, c'était d'aller nous promener au-dessus du golfe à bord de mon hydravion avant de nous poser sur un beau carré d'encre bleue mouvante, et de pêcher carlingue ouverte, hirondelle de mer et truite de mer en buvant du Cold Duck bien frais. Puis, lorsque le soleil plongeait en bouillonnant comme une planète rouge dans l'horizon liquide, je gonflais le matelas pneumatique et je faisais l'amour à Amanda sur le sol de la cabine, bercé par le ressac au creux de ses bras dans une étreinte plus profonde et plus vaste que la mer elle-même.

– Je descends jusqu'au rade à bière, celui qui est tenu par des gens de couleur, et je vais m'écouter un peu de *Zydeco,* dis-je.

Puis je lui fais un grand sourire.

– Mais je vais te laisser matière à réflexion.

– Et c'est quoi ?

– Si je t'attrape avec lui, je vous sèche tous les deux.

Son visage se fige dans le miroir, elle me regarde, les yeux comme deux billes bleues.

***

Je commençai dès le lendemain matin mon propre programme d'embellissement national : *Gardez l'Amérique propre, déportez votre saleté de taré nazi local dès aujourd'hui.* Mais l'homme des Services de l'Immigration que j'eus au bout du fil me prit pour un ivrogne et l'agence de presse de La Nouvelle-Orléans me dit qu'ils avaient déjà fait un numéro sur Klaus – à propos de sa collection d'art indien d'Amérique du Sud.

– Des abat-jour ? demandai-je.

– Quoi ? me répondit le journaliste au téléphone.

– C'était l'un des Katzenjammer Kids qui les balançaient dans les fours.

Le journaliste me raccrocha au nez.

Mais l'homme que je contactai au FBI savait écouter. Et je me libérai sur lui de tout ce qui me pesait en lui racontant tout, jusqu'à mes vols illégaux au Guatemala. J'avais l'impression de m'être éclairci la gorge de l'arête qui l'obstruait.

Il ne dit rien au terme de mon récit, puis me demanda :

– Que voulez-vous que nous fassions ?

– Arrêtez-le. Fourrez-le dans une boîte à saucisses et renvoyez-le à Nuremberg.

– Pour quoi faire ?

– Il a été SS. J'ai vu les éclairs qu'il portait tatoués au creux de l'aisselle.

– Il n'est pas interdit par la loi de porter un tatouage, mon pote. Ramenez-nous autre chose. Entre-temps, épelez-moi votre nom et dites m'en un peu plus sur ce petit voyage-rigolade au soleil que vous avez fait au Guatemala.

– *Adios, amigo,* dis-je.

Je contemplai, le cœur battant, l'empreinte moite de sueur de ma main sur le combiné de téléphone silencieux.

***

Mais je ne pouvais pas laisser tomber comme ça. La matinée était belle, verte et dorée, une brise fraîche ébouriffait la surface du bayou et les cyprès, et je sentais le parfum des belles-de-nuit encore ouvertes dans la pénombre humide. C'était une journée faite pour le ragoût d'écrevisses, la musique *zydeco,* le barbecue et le base-ball ; ce n'était pas vraiment le jour pour baisser les bras devant des gens de l'espèce de Klaus ou des mecs du gouvernement ou de la presse qui ne me prenaient pas au sérieux.

Mon papa, qui posait ses pièges tous les hivers à Marsh Island, me disait toujours :

– Fils, si ça bouge pas, va pas l'exciter. Mais quand ça se met à te montrer les dents, attends qu'il ouvre son clapet bien grand, et crache-lui à la gueule.

Je compris que Klaus avait commencé à me montrer les dents la première fois que sa fine main manucurée était venue se poser sur l'avant-bras d'Amanda lors de la soirée de cocktail du *Petroleum Club* à Lafayette. Ce n'était rien d'autre qu'un léger contact, un frôlement du duvet de la peau, petit geste délicat que pouvait s'autoriser sans dommages un homme plus âgé et paternel. N'eût été ses yeux. Ils tranchaient tout ce qu'ils voyaient, os comme tissus, tendons comme organes.

J'avais lu dans le *Daily Iberian* qu'une grande garden-party était prévue en l'honneur de Klaus cet après-midi-là à La Nouvelle-Orléans. Oui, me dis-je, et je plaçai une carte de la ville, mes jumelles, un thermos plein d'eau et deux sandwiches jambon-oignon enveloppés de papier huilé dans mon sac de pilote en toile et j'allai faire le plein au ponton. Moins d'une heure plus tard, je décollai au-dessus des longues étendues plates de cyprès morts et de marais salés pour piquer droit dans le bleu du ciel d'été, la merveilleuse odeur en provenance du golfe, les courants ascendants qui portent les grands pélicans suspendus au-dessus des étendues côtières de Louisiane.

Un de mes amis était propriétaire d'un service publicitaire aérien dans les faubourgs de La Nouvelle-Orléans, et je l'avais appelé par avance pour qu'il prépare le message en banderole noire et jaune et qu'il tende le câble d'accrochage en travers du terrain, de sorte qu'il ne me restait plus qu'à descendre suffisamment bas, crochet baissé, enlever la banderole au passage et remettre pleins gaz pour remonter dans le bleu-blanc d'un ciel chatoyant de lumière qui me tire toujours un peu à lui comme l'éternité.

Je sentais la lourde traînée de la banderole de toile accrochée dans mon sillage tandis que je passais au-dessus de Canal pour suivre les rails du tramway le long de St. Charles Avenue. La rue était bordée de chênes aux ramures épaisses, l'esplanade était plantée de palmiers et, à chaque coin de rue, des groupes de Noirs attendaient le tramway à l'ombre des arbres. J'aperçus Audubon Park et les vieux bâtiments de pierre de l'université Tulane devant moi, et je virai sur l'aile vers Magazine, qui sépare les taudis noirs du quartier de Garden District, en passant juste à l'aplomb d'une fête en plein air qui se déroulait entre deux belles demeures à colonnades blanches et grilles en fer forgé à volutes, entourées de chênes et de mimosas, dont on aurait dit, vue du ciel, une forteresse de richesses : lanternes japonaises accrochées aux branches, serveurs avec plateaux de boissons autour de la pelouse manucurée, nageurs qui plongeaient dans une piscine émeraude et barbecues fumant sur les dallages de pierre. À deux blocs de là, de l'autre côté de Magazine, s'étendaient plusieurs kilomètres carrés de cahutes délabrées, sans même de peinture, au fil des rues sinistres et étroites que l'on réservait toujours aux Nègres de La Nouvelle-Orléans. Ça devait être la pelouse où se retrouvaient Klaus et sa cour.

Je descendis donc pour y regarder de plus près, plusieurs centaines de mètres sous le plafond réglementaire des autorités fédérales de l'air. Il n'y avait pas à s'y tromper : Klaus releva la tête vers moi depuis un transat où il était allongé en slip de bain et lunettes de soleil, tandis qu'une fille blonde lui passait de l'huile solaire sur la poitrine. Je pris un virage au ralenti de manière à ce que la banderole vînt s'arrondir au-dessus de la fête, pareille à un bourdon furieux : SALUT AU LT. KLAUS STROESSNER, DACHAU, CLASSE 44.

Je tins mon numéro aérien vingt minutes durant. Ils commencèrent à se remuer là-dessous comme des fourmis sur un rondin en flammes. Ils s'en allèrent transporter verres et assiettes en carton à l'abri des arbres, mais je les en fis sortir vite fait en leur offrant un piqué vrombissant qui faillit décoiffer une cheminée de quelques briques. Ils essayèrent de se cacher sous la véranda et je partis en large cercle de sorte que mon moteur leur donna l'impression que je m'en repartais vers le Mississippi. Puis je virai sur l'aile bien à plat pour revenir à plein régime comme pour un mitraillage, fouettant la crête des arbres de la banderole, noyant la pelouse et la piscine d'une véritable averse de feuilles et de brindilles.

Je faillis ne pas entendre l'hélicoptère de la police barattant les airs dans ma direction par tribord. Mais ce n'était plus un problème – mon message était passé. Et pour m'en assurer une bonne fois pour toutes, je tirai sur le manche, repassai dans ma carcasse branlante au-dessus des têtes une dernière fois, libérai le crochet et la banderole flotta dans les airs avant de se déposer sur les toits et les pelouses comme un serpent étripé.

Je passai deux jours dans la prison de La Nouvelle-Orléans avant de pouvoir être libéré sous caution. Le *Times-Picayune* passa un article sur un pilote ancien taulard « connu pour s'adonner à la boisson » qui avait fait du rase-mottes au-dessus de Garden District. Le *Daily Iberian* écrivit que non seulement j'étais passé par Angola, mais que je n'avais jamais tenu d'emploi régulier, sans compter que les autorités fédérales estimaient que j'avais fait de la prison en Amérique latine. De par la ville, les gens n'allaient guère se détourner de leur chemin pour être vus dans ma compagnie cette semaine-là.

Je me disais pourtant que Klaus avait gagné une nouvelle fois. J'avais mangé le morceau à son sujet auprès des fédés et de l'agence de presse et j'avais étalé son nom et son crime à la face du ciel pour finir au bloc avec de fortes chances de voir ma licence de pilote révoquée. Peut-être bien que les frères catholiques se trompaient après tout lorsqu'ils nous enseignaient que les méchants avaient perdu la guerre.

Mais deux des amis de Klaus lui cassèrent la baraque pour de bon. À l'époque où je boxais pour les Gants d'or au lycée de New Iberia, j'avais appris à ravaler mon sang, à ne jamais montrer au mec d'en face que je saignais derrière mon protège-dents. Klaus aurait dû faire de la boxe.

Ils étaient deux ; ils me tombèrent sur le râble à la sortie du rade à bière dont le patron était un homme de couleur. Ils ne me touchèrent pas ; ils se contentèrent simplement de se planter là, tout contre moi dont le dos venait cogner la porte de mon camion. L'un d'eux avait mauvaise haleine, de celles qui naissent de dents cariées.

– Te raconte des mentiries sur un ami à nous, dit-il. Recommence encore un coup et on te colle dans l'hélice de ton propre avion.

Je souris avec bonheur, le bonheur d'un homme qui sait que le monde pourrait bien finir par tourner rond pour lui au bout du compte.

– Hé, je peux comprendre que vous vous fassiez de la bile pour votre ami, les mecs, mais vraiment, faudrait pas venir par ici, dis-je. Ces trois lascars à la peau noire que vous voyez derrière vous sont mes amis, mais celui qui tient le rasoir-sabre a parfois bien du mal à entendre raison.

***

Ce sont les Indiens qui nous ont appris à nous battre. On peut faire bien plus de dégâts en tirant de derrière un arbre, bien à l'abri, qu'en chargeant à flanc de colline droit sur l'obusier qui tient la crête. Mon arbre, c'était le téléphone.

– Bonjour, je m'appelle Klaus Stroessner, dis-je dans le combiné, les pieds en appui sur la rambarde ensoleillée de ma péniche. J'aimerais que vous coupiez eau, gaz et électricité chez moi pour les trois mois à venir. J'ajoute que mon beau-frère va probablement vous appeler pour vous raconter que c'est lui le propriétaire et essayer d'obtenir que vous repreniez vos distributions, mais si vous faites ça, je ne paierai pas un *cent* de la facture. Le fait est que je vous attaquerai en dommages et intérêts pour l'avoir aidé à occuper ma maison.

Puis j'appelai un service de dépannage et fis remorquer la Cadillac de Klaus jusqu'à un garage situé à cent quatre-vingts kilomètres de là, à Lake Charles, demandai à une compagnie d'engrais agricole d'étaler un camion-benne de fumier de vache bien frais sur sa pelouse, informai le service de santé de la paroisse que Klaus était atteint du sida, passai une annonce avec son numéro de téléphone dans un journal pour dégénérés sexuels.

– As-tu perdu l'esprit ? Qu'est-ce que tu fabriques ? me dit Amanda depuis la porte de la cuisine.

Elle s'était habillée pour aller en ville. Son jean de marque donnait l'impression d'avoir été cousu à même sa peau. Ses gros seins tendaient la soie jaune de sa chemise western.

– J'ai une ou deux petites courses à faire au bureau de poste, dis-je. Reste ici jusqu'à mon retour.

– Marcel, depuis quand crois-tu que tu peux te mettre à me parler sur ce ton ?

– Prépare quelques sandwiches poulet-mayonnaise et mets du Cold Duck au frais. Je serai de retour dans une heure. Mets le ventilateur de fenêtre en marche dans la chambre.

Je la laissai là, lèvres entrouvertes, la langue touchant à peine les dents, ses yeux bleus saisis par une immobilité curieuse.

En ville, j'achetai un paquet d'enveloppes, un bloc de papier à lettres et une paire de gants de caoutchouc très moulants. Je rédigeai la lettre dans la salle de dactylographie de la bibliothèque municipale avant de la laisser glisser, les mains toujours gantées, depuis la fenêtre de mon camion dans la boîte aux lettres située à l'extérieur de la vieille poste en briques rouges de Main Street. Nous étions dans le sud de la Louisiane, c'était l'été et la matinée était parfaite. Le soleil brillait au travers des chênes en surplomb tendus de mousse, le vent sentait la pluie et les fleurs, et devant les demeures du XIXe siècle qui s'alignaient sur Main, les pelouses regorgeaient d'hibiscus jaunes et d'azalées flamboyantes.

L'idée m'en vint après coup. J'entrai dans le bureau de poste, remplis une carte de changement d'adresse et fis suivre tout le courrier de Klaus jusqu'à Nome, poste restante, Alaska.

Une bruine tiède crénelait la surface du bayou lorsque j'arrivai à la péniche. Je garai mon camion sous les cyprès, me dévêtis sur la berge, et entrai nu dans la cuisine. Amanda en laissa tomber le pot de mayonnaise par terre.

– J'appelle le bureau du shérif, Marcel, dit-elle.

– Bonne idée, dis-je.

Et j'arrachai le téléphone du mur pour le lui tendre. Puis je la chargeai sur mes épaules et la transportai dans la chambre. L'aérateur de fenêtre bourdonnait de lumière mouillée en provenance du bayou.

– Je vais porter plainte. Ils vont te réexpédier à Angola, dit-elle.

– Ils n'en auront pas le temps. Ils vont être trop occupés à enquêter sur Klaus.

Je la déposai sur le lit. Son visage était paisible, immobile sur l'oreiller.

– Qu'est-ce que tu veux dire ? dit-elle.

– J'ai écrit une lettre au président des États-Unis et j'ai signé du nom de Klaus.

– Je ne te crois pas.

– Elle dit ceci : “Cher Filou, j'ai bien aimé ce film où vous interprétiez des nazis, Errol Flynn et toi. J'en ai été un moi-même. J'aimerais bien qu'on se retrouve quelque part tous les deux et qu'on ait une petite discussion sur les Russes et les ovnis qui tournent autour de la Maison-Blanche.”

– Tu as fait ça ?

– Les fédés vont passer sa vie au peigne fin. Et attends qu'il essaie d'expliquer certains des coups de fil qu'il a passés aujourd'hui.

– Tu as vraiment fait ça ?

– Tu n'es pas obligée de me croire, Amanda. Mais je ne pense pas qu'on reverra beaucoup Klaus autour de New Iberia pendant un moment. Entre-temps, y'a le compteur de ton homme qui tourne.

Je glissai les mains sous sa chemise western, puis dans son dos, avant de pencher mon visage tout contre le sien. Ses yeux bleus, pareils à des yeux de petite écolière, se plongèrent dans les miens sans ciller. Puis je sentis ses doigts effilés glisser sur mes épaules pour se poser sur mon cou.

Nous fîmes l'amour sur le lit, sur le plancher, dans le hamac sous le porche à l'abri des canisses de bambou tandis que la pluie dégoulinait du toit et dansait sur le bayou. Je commençai à me lever pour aller chercher le Cold Duck au frais dans le réfrigérateur.

– Ne t'avise surtout pas de bouger, espèce de vieil alligator à la dent dure, dit-elle.

Et je restai là, la tête sur sa poitrine, où battait son cœur sous l'étendard tatoué du pays qui était le mien, et que je venais de reconquérir.

En y regardant à deux fois

Il regarda par la fenêtre du bar le losange éclairé du terrain de base-ball situé dans le jardin public, de l'autre côté de la rue, pendant que nous attendions que le barman lui apporte un autre Manhattan. Il lui fut impossible de savoir si c'était un effet de l'alcool à l'œuvre sous son crâne ou son état d'âme du moment, un peu rêveur, qui lui fit reconnaître pour la première fois la similitude qui existait entre ce terrain de base-ball-ci et Cherryhurst Park, où il avait joué quand il était gamin à Fort Worth. Ne serait-ce qu'une minute auparavant, il faisait au barman le récit des compétitions de yo-yo Cheerio et Duncan [1] qui se tenaient à travers tout le pays, à chaque coin de rue, pendant les années 40. Il n'avait plus pensé à ça depuis des années. Pourquoi maintenant ? Le barman était assez âgé pour s'en souvenir, mais il dit qu'il n'en était rien. De toute manière, ce n'était pas surprenant. Peu nombreux étaient ceux, de nos jours, qui investissaient beaucoup dans le souvenir.

En fait, il avait souvent l'impression d'être, à sa connaissance, la seule personne qui se souciât du souvenir des choses. Simple apitoiement sur soi-même, il en convenait, mais le fait était qu'à certaines occasions, il avait une conscience exacte d'être un anachronisme solitaire, entouré de gens qui n'avaient pas la moindre notion de ce qu'était l'histoire, même

1. Marques de yo-yo. *(N.d.T.)*

dans sa forme la plus banale. Cet après-midi-là, à la réunion du département d'anglais, il s'était conduit de manière stupide : il avait contrevenu à sa propre règle et laissé libre cours à son vitriol devant les membres du corps enseignant, les plus jeunes, perplexes et embarrassés, les autres, morts d'ennui. La discussion durait, interminable, de savoir la manière de « satisfaire les besoins de la communauté », jusqu'à ce que, finalement, il déclare :

– Ceux qui autoriseraient les membres de la communauté à mettre sur pied un programme universitaire seraient probablement les mêmes qui verraient dans la Convention française sous Robespierre la plus belle forme de gouvernement dans l'histoire du monde.

Il avait alors quitté la réunion avant la fin et s'était rendu au bar, dégoûté par son cynisme vaniteux. Le bar était son lieu de prédilection le vendredi après-midi, mais l'après-midi était terminé et il avait déjà passé là deux soirs de la semaine, à se libérer de sa colère et de son mécontentement, à chasser de son esprit la plus petite pensée, comme un chien, crocs en avant, qu'il lui fallait matraquer jusqu'à ce que mort s'ensuive. Il s'interrogeait néanmoins de savoir si son insatisfaction comme professeur à l'université de la ville, les joutes incessantes avec les behavioristes de l'éducation et de l'administration, n'étaient pas simplement les moyens d'éviter ce sentiment de perte qui venait soudain le submerger tout entier pour le laisser ensuite dans un tel état de faiblesse qu'il se voyait incapable d'aligner deux phrases bout à bout, de se concentrer sur un changement de feu à une intersection ou de se souvenir même qu'il corrigeait une copie d'examen.

Il avait mis au point plusieurs techniques pour déguiser et expliquer ces moments lorsqu'ils lui arrivaient en public, devant d'autres personnes, mais parfois, l'engourdissement qui le saisissait était tellement dense, tellement dévastateur à son esprit, qu'il ne se souciait plus de passer ou non pour l'imbécile de service. Son fils avait été tué à Khe Sanh trois ans auparavant : il avait beau savoir qu'il n'était pas le seul dans son cas à avoir subi une telle perte, le désespoir qu'elle faisait naître lui en semblait pourtant unique car il n'obéissait pas à sa propre nature, la plaie refusait de se fermer avec le temps et il n'était pas certain qu'elle se refermerait jamais. Il en venait à croire qu'il était peut-être parvenu à comprendre l'axiome : *On se contente de vivre avec.* Oui, songea-t-il, on ne l'affronte ni on ne le surmonte ; on ne l'accepte pas stoïquement ; on se contente de la porter en soi comme une tumeur en ignorant les lignes noires qui s'étalent le long des veines.

– Oh, Doc, tenez, je vous en prépare un autre. Je n'aurais pas dû poser le verre si près du bord, dit le barman.

– Ce n'est pas grave, Harold. Mais je vous prends au mot pour la prochaine fois.

Il quitta le bar et coupa par le jardin public en direction de son immeuble. L'éclairage du terrain était maintenant éteint, mais la lune était pleine au-dessus des montagnes, et les détails du losange, émoussés par la semi-obscurité, avaient la douceur un peu floue du souvenir. C'était effectivement tout pareil à Cherryhurst Park : en bout de terrain, le filet d'arrêt en grillage à poule, l'avant-champ à l'herbe rare, les gradins au bois grisé par les intempéries, affaissés en leur milieu. Les arbres en bordure de terrain étaient des ormes et des érables en place de chênes, mais leurs feuilles poussiéreuses d'un noir verdâtre bruissaient sous la même brise estivale, et projetaient les mêmes niches d'ombre, là-même où jadis les lycéennes attendaient qu'on vînt les enlacer et les embrasser à l'issue d'un match.

Il tapota le marbre de la semelle en cuir de sa chaussure, puis se mit à courir vers le premier but, la gorge serrée par la cravate et le col amidonné comme par un carcan de métal. Il pivota sur le coussin et tourna le dos à l'avant-champ, en respirant profondément avant d'ôter sa veste. Un quart de parcours, jusqu'au premier but, se dit-il. Et maintenant, prêt à voler le but à un lanceur gaucher par trop confiant. Il quitta le coussin, un bras délibérément trompeur toujours pointé derrière lui, puis piqua des deux, direction le deuxième but, tête baissée, les cuisses pareilles à des bielles en plein ouvrage, tandis que la balle volait dans les airs, poussée par l'énergie du receveur qui avait mis tout son élan dans le lancer, et arrivait trop haute pour conclure le point. Il se releva de sa glissade au but dans une explosion de poussière et se lança vers le troisième but. L'avant-champ était en pleine panique et la balle adressée au troisième but atterrit dans la poussière. Pas un instant il ne ralentit. Il contourna le coussin avec, dans un coin de son champ de vision, le bras de l'instructeur qui faisait des grands cercles, et sprinta vers le marbre. Pourquoi pas ? Jackie Robinson y était bien parvenu, et il avait gagné le fanion de champion. Sa semelle de cuir claqua sur le caoutchouc du marbre avant qu'il ne termine sa course dans le filet d'arrêt, la poitrine comme un soufflet de forge, la tête grondante de tout le whiskey bu et de son propre sang.

Son cœur cliquetait à tout va dans son corps, son souffle raclait sa gorge sèche sans qu'il pût le maîtriser tandis qu'il s'en retournait chercher sa veste. Il crut un instant qu'il allait vomir. Un genou de son pantalon était déchiré, et il fit la grimace en touchant l'éraflure rouge et terreuse au travers du tissu. Il se demanda si quarante-six ans était un âge suffisant pour qu'un homme pût parer de son existence les limites du raisonnable comme d'un scalpel de chirurgien.

***

Le lendemain matin, il prépara son petit déjeuner, une chose qu'il avait toujours aimé faire même lorsqu'il était marié, et enfila un vieux pantalon, un sweat-shirt, et ses chaussures de tennis avant de prendre la direction du jardin public. Le temps de saison printanier était merveilleux. À l'ouest de la ville, les montagnes étaient bleues, l'air, clair et lumineux, et le moindre détail du jardin paraissait se graver sur fond de soleil brillant. Il courut au petit trot à la périphérie du parc, et ralentit sa foulée en traversant les arbres en bordure du losange pour observer une équipe de cadets en maillots or et vert qui s'entraînaient à frapper leur batte. Son souffle n'était pas aussi court qu'il l'avait craint. Il fit encore deux tours de piste avant d'être obligé de s'asseoir sur les gradins, la sueur séchant sur son visage sous la brise fraîche. Puis il reprit sa course autour du filet d'arrêt, accroissant sa vitesse à chaque foulée autour du parc, jusqu'à ce que, finalement, chaque inspiration lui déchirât les poumons comme une écharde de verre, au point qu'il se trouva obligé d'avancer au pas, tête en arrière, à croire qu'il saignait du nez. Mais ce n'est pas grave, dit-il. Chaque bouffée d'air trop courte, c'est un morceau de fumée chassée de la poitrine, et une part d'alcool converti qui s'éliminait du foie et du cerveau. En deux semaines, il pourrait se nettoyer complètement. Et pourquoi pas ? Le corps de sa jeunesse était enterré en lui, quelque part. Il lui suffisait d'éliminer la mollesse qui le recouvrait pour le retrouver.

Il s'assit sur l'herbe derrière le troisième but et regarda l'entraînement à la frappe de batte. Les gamins de l'équipe étaient mexicains, noirs, et blancs, tous de familles ouvrières, ils parlaient, jouaient sec et dur et évitaient une double sortie de terrain à leur équipe à coups de coude et de genou si besoin était. Pete Rose [1] n'aurait pas déparé dans une équipe pareille, se dit-il. Lorsque le lanceur titulaire alla prendre son tour de frappe, un garçon handicapé prit sa place sur le monticule. La jambe gauche du gamin était atrophiée comme s'il avait eu la polio, et malgré un bras puissant, il lançait sa balle, les pieds à plat sur le caoutchouc du plot, comme un joueur d'avant-champ. Envoie ton bras par-dessus l'épaule et mets-y tout ton poids, songea le professeur. Et laisse-le bien retomber aussi. Ne te contente pas de le faire flotter au niveau du maillot. Oh, seigneur Dieu, baisse la tête !

Le batteur réussit un puissant retour extérieur derrière la ligne de premier but, au point de faire basculer en arrière le professeur qui atterrit dans l'herbe. Tandis qu'il se redressait pour s'asseoir, il vit une voiture de police s'arrêter au bord du trottoir à l'ombre d'un orme. Un policier énorme avec lunettes de soleil, un cigare frais allumé au bec, remplit la vitre du conducteur.

Sans prévenir, le premier but se tourna vers la voiture de brigade comme si de rien n'était, leva un doigt bien raide et dit :

1. Joueur de base-ball célèbre pour son agressivité. *(N.d.T.)*

– Hé, Cul-de-cochon. Fourre-toi ça où je pense.

Le policier ouvrit la porte, souleva son énorme masse et sortit de la voiture. La crosse de son revolver et les cartouches de laiton à son ceinturon brillèrent au soleil tandis qu'il s'approchait du losange. Le premier but s'était tourné vers la partie en cours et frappait son gant comme si de rien n'était.

– Amène tes fesses dans la voiture, Gomez.

– Je suis occupé.

– Tu bouges tes fesses jusqu'à la voiture, sinon je les fais rentrer à l'intérieur à coups de botte.

– T'aurais encore une fois l'air d'un gros con débile pour avoir emmené un gamin au poste.

– C'est bien ça.

Le policier souleva le garçon du sol en l'agrippant par le bras et le fit marcher jusqu'à sa voiture comme s'il tenait un oiseau blessé. Il boucla le gamin à l'arrière, referma la portière, passa un appel à la radio et engagea son véhicule dans la circulation.

– Qu'est-ce qu'il va faire de lui ? dit le professeur au garçon qui s'était avancé pour jouer premier but.

– Il va l'emmener à la brigade des mineurs et il va appeler son vieux pour qu'il lui colle une trempe.

– Pourquoi a-t-il fait un doigt d'honneur au flic ?

– Tout le monde fait des doigts d'honneur à Cul-de-cochon. C'est qu'une merde. Il passe son temps à embarquer des mecs.

Vingt minutes plus tard, le policier réapparut dans la rue, seul au volant, et vint se ranger exactement au même endroit, à l'ombre de l'orme. Un bras bien gras vint se poser sur le rebord de la portière, un cigare entre deux doigts dodus. L'homme tenait la bouche entrouverte, mais du fait des lunettes de soleil vert foncé, le professeur fut incapable de dire s'il dormait ou non. Incroyable, se dit-il. Un adulte qui consacre sa journée à veiller à la morale publique de jeunes de quinze ans. Ah ! Rien de tel, vraiment, que la vision morale d'une nation capable d'envoyer une génération tout entière au Viêtnam et qui vient se soucier ensuite d'un majeur bien raide.

Il traversa la rue jusqu'à la quincaillerie où il acheta un pic à glace à la pointe protégée d'un bouchon. Il mit le pic à glace dans la poche et descendit la rue en direction de la maison du parc, puis revint sur ses pas en un grand cercle, traversa le rideau d'arbres et s'approcha de la voiture de police.

– Excusez-moi, monsieur l'agent. Le responsable des jeux à la maison du parc a des problèmes avec un gamin et il aimerait bien que vous alliez jusque-là.

– Est-ce qu'il s'agit d'un gamin de couleur costaud ?

– Je crois.

– Très bien.

Le policier mit sa casquette et traversa le losange en direction de la maison du parc, sans penser un instant au lancer qu'il avait interrompu.

Le professeur s'assit sur le bord du trottoir près du pneu avant de la voiture de brigade, dévissa le capuchon de la valve et ramassa un caillou dans le ruisseau. Il inséra la pointe du pic à glace dans la valve et la martela pour l'enfoncer profondément dans le pneu. Les gamins sur le terrain avaient interrompu leur partie et le regardaient à n'en pas croire leurs yeux, abasourdis. L'air jaillit de la chambre dans une giclée de poussière, et le pneu se dégonfla sur la jante presque instantanément. Prends donc ça pour avoir satisfait aux besoins de la communauté, se dit-il. Il laissa le pic à glace en place, enfoncé jusqu'à la garde de bois dans la valve, et se redressa sous le vent frais qui lui soufflait au visage, la bouche barrée d'un grand sourire devant le rugissement d'applaudissements en provenance du terrain. Puis il repartit au petit trot, en relevant les genoux, sur l'allée ombragée d'arbres en direction de son immeuble.

***

Les garçons faisaient une partie d'entraînement lorsqu'il retourna au parc le lendemain matin et reprit ses tours de stade. Tandis qu'il trottinait entre les arbres derrière le filet d'arrêt, il vit le jeune garçon infirme assis seul sur les gradins, son gant de voltigeur enfilé à un passant de ceinture.

– Pourquoi est-ce que tu ne joues pas ? demanda le professeur.

– Je joue seulement pendant les parties d'échauffement et je donne un coup de main pour l'entraînement à la frappe.

Le garçon garda la tête détournée tout le temps qu'il s'adressa au professeur. Puis il sourit :

– Dites, c'était super hier. Vous auriez dû voir la tête de Cul-de-cochon quand il a découvert son pneu. J'ai cru qu'il allait salir sa culotte. Et ensuite, il a cassé un écrou borgne en essayant de changer la roue. Quand il est parti, on lui a tous fait un doigt d'honneur.

– Oublie ça. Parlons un peu de lancer. Tu as un bon bras, mais tu ne te sers pas bien de ta jambe.

– Oh ouais. Et je suis censé faire quoi avec elle ?

– Tu as une mauvaise jambe, c'est un fait, alors n'essaie pas de prétendre qu'elle est bien. Tu prends ce qui ne va pas dans ta guibolle et tu fais en sorte que ça te soit utile. Tu vois, la jambe gauche d'un lanceur ne sert à rien, excepté à soutenir son poids. Tu la jettes devant toi et ensuite, c'est la hanche et le bras qui accompagnent ton lancer de balle. Laisse-moi te parler d'un mec qui lançait dans le temps, dans la vieille ligue du Texas quand j'étais gamin. Il s'appelait Monty Stratton, et il ne lançait que des balles du tonnerre. Un jour, il est parti à la chasse aux lapins et s'est fait sauter la jambe gauche d'un coup de fusil. Il était bien fini, d'accord ? Eh bien, tu te trompes, parce qu'il a appris à lancer avec une jambe artificielle ; il balançait la balle droit devant et pour pivoter, il s'aidait de son bras pour le transfert de poids.

– Qu'est-ce qui est arrivé à ce mec ?

– Finalement, un jour, il a bien fallu qu'il raccroche, mais pas avant d'avoir participé aux Dixie Series. Ce que je veux te faire comprendre, c'est que la meilleure chose qu'ait un lanceur à sa disposition, c'est son intelligence. Il sait le genre de balle qu'il va envoyer, pas le batteur. Alors tu leur offres tout ce qu'il y a au menu : des incurvées, des glissées, des rapides, des mouillées-salive, des brossées, et enfin, une belle fourchue, à deux doigts, en visant la tête, pour apprendre au batteur un peu d'humilité.

– Pourquoi ne prenez-vous pas votre gant pour jouer avec nous ?

– Je n'en possède pas.

Le professeur gonfla une joue et contempla le losange.

– Mais je vais m'en procurer un. Et je serai de retour avant que le tour de batte soit terminé.

Mais le magasin de sports au coin de la rue était fermé le dimanche, et il lui fallut trottiner sur presque deux kilomètres jusqu'au centre commercial pour trouver un magasin qui vendît des gants. Il acheta un gant de receveur et un de voltigeur, une casquette or et vert, une balle dans sa boîte en carton, et un flacon d'huile Neetsfoot. Il vissa sa casquette bas sur le crâne en trottinant sur le trajet de retour au parc. Ce soir, il plierait la coiffe pour la marquer d'un pli et incurverait la visière à l'aide de ruban adhésif pour donner à sa casquette la seule forme qui convînt à un joueur de base-ball. Il y avait des tas de choses qu'il pourrait enseigner aux garçons. Par exemple, ce n'était pas un hasard si Sandy Koufax ne se rasait pas avant de lancer, la casquette bas sur le front pour lui masquer les yeux. Et aussi l'importance de l'huile et de la forme qu'on donnait à la poche de réception d'un gant pour l'usage qu'allait en faire un voltigeur. Ce soir, il ferait pénétrer l'huile au plus profond du cuir, et ensuite, il replierait pouce et doigt sur la balle avant de les nouer d'une grosse cordelette. Il y avait encore toutes les ficelles interdites qu'il pourrait leur enseigner, aux gamins : comment cacher de la vaseline sous la boucle de ceinture ou la visière de la casquette, mouiller la balle d'une éponge que le deuxième but gardait à l'intérieur de son gant perforé, bloquer le coussin de but d'un genou replié qui laissait le coureur étourdi.

Lorsqu'il rejoignit le parc, les garçons étaient partis et le losange lui parut étonnamment vide, à croire que les elfes l'avaient évacué au beau milieu d'un rêve. Il resta assis une demi-heure durant sur les gradins vides, à contempler la poussière soulevée par le vent, avant de rentrer à la maison à l'instant précis où la pluie se mettait à tomber sur les montagnes.

Mais à quinze heures trente le lendemain après-midi, ils étaient tous de retour, à fouetter l'air de leurs balles autour du losange, le visage électrifié d'énergie dans l'air de printemps. Ces garçons n'étaient pas faits pour les salles de classe, songea-t-il, ni pour les chaussures de cuir quand les jours se faisaient plus chauds, moins encore pour les vêtements neufs encore raides au sortir de leur emballage. Ils étaient taillés pour les jeans délavés par trop de lessives, les coudes et les genoux salis par la poussière, les mains crasseuses de la colophane des battes. Ils étaient héroïques à leur manière, une manière que nulle école ne pourrait jamais leur enseigner. Le receveur volait la balle au nez et à la barbe du frappeur en se glissant sous son coup de batte, le troisième but jouait tellement à l'intérieur de l'avant-champ qu'un renvoi en ligne droite lui décollerait la tête, les coureurs se râpaient le visage dans les glissades.

Il se mit à genoux dans l'enclos d'échauffement et servit de receveur au jeune garçon infirme. Tous les trois ou quatre lancers, il rappelait au gamin de lancer la jambe à l'extérieur et de lever le bras au-dessus de l'épaule et après une demi-heure, le gant lui chauffait la paume des coups répétés que lui assenait le gamin, des balles dures et puissantes, des balles basses, des balles brossées...

– Ça, ce sont de vraies balles rapides, collègue, dit le professeur. Et maintenant, nous allons t'apprendre à changer de rythme. Tout ce que tu as à faire, c'est de coller ta balle au fond de la paume et de la lâcher au ralenti comme si tu la retenais au bout d'une ficelle, et tu verras que le frappeur va en avoir le scrotum qui lui ressort par la bouche.

– Vous croyez vraiment que je réussirai à être assez bon pour débuter dans un vrai match ?

– T'es assez bon dès maintenant, mon pote.

Lorsque le bras du gamin commença à fatiguer, ils se joignirent à une partie bien chaude – lancers et réceptions à rythme rapide – et le professeur envoya une balle légère d'un petit coup de batte par-dessus l'avant-champ engazonné en direction d'une rangée de gamins qui ne savaient tous qu'une seule chose de lui : le mec qui avait mis à plat le pneu de Cul-de-cochon. Tandis qu'il lançait sa balle en l'air avant de la frapper sans élan en direction d'un gant de voltigeur, il éprouva un plaisir qu'il n'avait pas connu depuis des années. Existait-il chose plus naturelle, songea-t-il, que de jouer au base-ball avec des gamins ?

⁂

En revanche, qu'existait-il de moins naturel, songea-t-il également, que son cours de littérature générale du mardi matin ? Les étudiants avaient changé et il ne les comprenait plus. Ou peut-être le problème était-il justement qu'il n'existait plus grand-chose à comprendre chez eux. La matière les ennuyait, il les ennuyait, et livrés à eux-mêmes, ils s'ennuyaient aussi. S'il existait une expression commune à tous leurs visages, c'était celle d'un regard perdu dans les lointains et un bâillement que même l'apocalypse n'aurait pas été à même de déranger. Ils voulaient devenir journalistes judiciaires, flics et programmeurs-informaticiens, mais peu nombreux étaient ceux capables d'expliquer les raisons de leur choix. Certaines matinées, lorsqu'il était visible qu'aucun d'entre eux n'avait lu le sujet à traiter ce jour-là, il essayait de parler d'autre chose : pêche à la truite, base-ball, folk music, air pur ou santé mentale. Mais il n'existait pas de moyen de violer le bâillement général.

Ce matin, il discutait de « La Charge de la brigade légère ». Il ne voulait pas se montrer injuste à l'égard de Tennyson, mais ce poème particulier l'embêtait toujours car il n'avait rien à voir avec la réalité de la guerre, et c'était justement le genre de fadaises romantiques qui prenaient la place de la mémoire et fournissaient matière aux illusions trompeuses dont les manipulateurs usaient avec tant d'adresse. Mais il garda pour lui ses jugements personnels et se contenta de dire :

– Tennyson était un grand artisan, et un grand poète à vrai dire, mais le sentiment qui transparaît dans ce poème est justement ce qui a conduit certains critiques à l'accuser de pauvreté intellectuelle.

Une main se leva alors, celle d'un des trois garçons de la classe à arborer des uniformes de ROTC[1].

– S'il était un grand poète, comment pouvait-il être intellectuellement limité dans le même temps ? dit l'étudiant.

– Il est arrivé à Tennyson d'écrire pour les journaux, et il n'investissait guère de réflexion dans ce qu'il rédigeait.

– Qu'y a-t-il d'intellectuellement limité dans ce poème ?

– À savoir qu'il n'y a rien de bien glorieux à envoyer des centaines d'hommes à la mort contre un barrage d'artillerie.

– Ils avaient le choix, n'est-il pas vrai ? Peut-être avaient-ils le sentiment de donner leur vie pour quelque chose.

– Ce que je m'attache à expliquer, c'est que Tennyson ne décrit pas la réalité de ce qui s'est passé sur le terrain. Il n'écrit rien du hurlement des boulets chaînés ou de la mitraille dans l'air ou des hommes éventrés sur leur selle ou de la peur qui fait couler l'urine sur leurs cuisses.

Il dépassait les limites autorisées dans la classe et il déglutit en essayant de retenir les mots qui éclataient comme autant de blessures dans sa tête.

– O.K., mais ils étaient là pour une raison, dit l'étudiant. Pourquoi faut-il qu'un poème soit contre la guerre pour être bon ?

– Oubliez donc ce foutu poème.

Le professeur se pencha par-dessus son lutrin et pointa un doigt vers l'étudiant.

– Lorsque vous mettez cet uniforme, ce déguisement, vous aidez un autre homme à creuser votre tombe.

Il entendit le souffle de sa propre respiration dans le silence de la salle. Il déglutit à nouveau et regarda par la fenêtre le bleu des montagnes.

– Hé, c'est le printemps. Allez donc vous boire une bière dans le parc ou allez regarder pousser les tulipes, je vous reverrai mardi.

Il fit semblant de rassembler ses papiers et pria pour que personne ne vînt s'arrêter à son bureau pour qu'il lui faille relever les yeux.

1. Reserve Officers' Training Corps. *(N.d.T.)*

Deux heures plus tard, la secrétaire du département lui remettait un message. Le doyen des lettres souhaitait le voir à treize heures.

Le doyen était lourd, de corpulence autant que de cervelle. Il essayait de perdre du poids en pratiquant le hand-ball, avec pour seul résultat un corps encore plus massif, et les poils noirs de ses bras et sur sa poitrine lui donnaient une allure simiesque derrière son bureau. Il était pragmatique, et quelle que fût l'irrationalité de la psychologie éducative du moment, il se dépêchait de s'y acclimater et la faisait sienne. Des diplômes de compétence administrative et des œuvres d'art d'étudiants – qui auraient pu être peintes par des aveugles – couvraient les murs de son bureau. Le professeur voyait en ces diverses décorations murales autant de symboles appropriés de la capacité du doyen à rassembler autour de lui tout ce qui n'avait aucune valeur dans l'éducation moderne.

– Bien. J'ai reçu une nouvelle plainte, dit le doyen.

– D'un gamin des ROTC de ma classe de litté géné.

– Non, celle-ci vient de deux filles, mais elles appartiennent bien à la même classe.

Au moins le gamin des ROTC est un mec réglo, se dit le professeur.

– Elles disent que vous utilisez votre cours comme tribune pour vos idées personnelles et que vous écrasez les gens avec mépris.

– Est-ce que vous le croyez ?

– Il faut que je traite cette plainte.

– Est-il envisageable que ces filles aient obtenu une mauvaise note au cours de leur partiel de milieu de semestre ou qu'elles aient de la bouillie d'avoine en guise de cervelle ?

– C'est la quatrième plainte à votre dossier ce semestre.

– Vous gardez donc trace de ces choses-là ?

– Elles font partie d'un registre officiel. Écoutez, discutons une minute en toute honnêteté. J'ai le sentiment que vous devriez voir le psychologue de l'établissement.

– Que je sois damné si je vous laisse me parler de cette façon.

Le doyen poussa un trousseau de clés sur le plateau de son bureau, du bout du doigt.

– C'est soit ça, soit un congé sans salaire à l'issue de ce semestre, dit-il. Je ne suis pas spécialiste de santé mentale. C'est là un problème qu'il vous faudra régler par vous-même.

Le professeur se leva, mit les mains dans les poches de son pantalon et fit cliqueter un instant sa monnaie contre sa cuisse.

– Certains philosophes situationnistes de ma connaissance ont un bon épigramme pour les gens de votre espèce, doyen. Tu te le fourres là où je pense, Cul-de-cochon.

– Je ne tiendrai pas compte de votre dernière remarque parce que, franchement, je crois que vous perdez l'esprit.

– Très bien, contentez-vous de continuer à jouer avec vos clés et peut-être bien qu'un jour vous aurez votre propre dossier.

Le doyen aplatit les doigts sur le dessus du bureau et garda sa main immobile.

***

Cet après-midi-là, le professeur continuait à penser à la conversation qu'il avait eue avec le doyen, tandis qu'il se rendait au parc pour assister à un match de division cadet. Il savait qu'il était fini à l'université : même s'il n'était pas renvoyé, l'administration ne le garderait sur ses registres que pour une fonction qui serait suspecte et honteuse. Et il n'existait pas beaucoup d'emplois d'enseignants dans la région, en particulier lorsque la seule recommandation qu'il pût offrir de son poste précédent déclarait qu'il était fou. Il allait être très dur de tout recommencer à son âge, mais après tout, hein, qu'est-ce que signifiait le nombre des années ? Il avait quarante-six ans et d'aucuns le considéraient déjà vieux, mais il lui en restait peut-être encore trente à passer sur cette terre. Le garçon de dix-neuf ans sur le point de poser le pied sur une mine Claymore posée au milieu d'une piste de jungle s'était trouvé bien plus âgé que lui à termes de vie comparés. Et ce garçon-là n'avait pas flanché, il ne s'était pas apitoyé sur lui-même, pas plus qu'il ne s'était plaint du temps qu'on lui avait alloué sur cette terre.

Le professeur acheta un hot dog à un stand en bois sous les ormes et il alla s'asseoir sur les gradins derrière le troisième but. Son équipe avait vu ses deux meilleurs lanceurs éliminés du monticule au cours des cinq premiers tours de batte et le dirigeant de l'équipe venait de faire sortir le jeune infirme de l'enclos d'échauffement. Pense Monty Stratton, mon pote, se dit le professeur. Offre-leur des balles à effet en cloche et des brossées vers l'intérieur qui leur feront rétrécir le nombril et les obligeront à se cacher.

Mais ils taillèrent le gamin en pièces. À taper des renvois en rase-mottes et en ligne droite à travers l'avant-champ, avec circuits complets de retour au marbre qui se continuaient jusqu'à la rue. On aurait dit un entraînement à la frappe plutôt qu'un match. Le professeur pénétra sur le terrain et demanda à l'arbitre un temps mort.

– Vous êtes qui, vous, nom d'un chien ? dit l'arbitre.

Son visage ressemblait à une pomme cuite sous sa casquette noire.

– Je suis leur entraîneur de l'université. Vous êtes nouveau dans cette division, ou quoi ?

Le professeur passa un bras autour des épaules du garçon et se pencha vers son oreille.

– Vise les têtes, dit-il. Quand tu en auras viré un ou deux dans la poussière, ils vont se mettre à avoir les chocottes et ils quitteront la place.

Mais ce fut inutile. Le gamin ne possédait pas l'instinct du tueur, se dit le professeur. Il délivrait son meilleur lancer à hauteur de taille et bien dans l'axe, et chaque frappeur renvoyait sa balle avec une telle force que les coureurs marquaient le point en franchissant la plaque plus vite que le responsable de l'affichage ne pouvait changer les chiffres du tableau de score. Non, celui-ci n'avait rien d'un tueur, songea le professeur, et peut-être fallait-il en remercier le ciel.

À l'issue du tour de batte suivant, l'arbitre mit fin au match : l'avance de l'équipe des visiteurs était tellement importante qu'une poursuite du jeu n'aurait été qu'un camouflet humiliant.

Les joueurs quittèrent le losange et s'éloignèrent, qui vers les râteliers à bicyclettes, qui vers la maison du parc, tandis que le professeur achetait deux hot dogs au stand de la concession commerciale avant d'en offrir un au jeune infirme.

– Il va falloir qu'on t'étoffe un peu les muscles d'ici le prochain match, dit-il.

– Oh, moi, je lance pus.

– Oh si que tu lanceras.

– Non.

– D'ici deux jours, tu reverras cette partie d'un œil plus juste, et tu comprendras ce que tu as fait de travers, et tu retourneras sur ton monticule pour balancer des boulets de canon.

– Peut-être.

Ils allèrent s'asseoir sur les gradins vides pour manger leur hot dog. Les montagnes étaient tellement bleues sur fond de ciel qu'elles faisaient mal aux yeux.

– Est-ce que je peux vous poser une question ? demanda le garçon.

– Vas-y.

– Parfois vous avez vraiment l'air heureux quand vous nous regardez jouer. Et ensuite, vous avez l'air triste. Est-ce que c'est parce qu'on joue comme des pieds ou quelque chose ?

– Mon fils a été tué il y a trois ans à Khe Sanh.

– Est-ce qu'il a eu un accident de voiture ?

Le professeur sourit et tourna la casquette du gamin sur le côté.

– Non, dit-il.

Dans le silence qui s'ensuivit, le garçon regarda droit devant lui, clignant des paupières.

– Hé, dit-il. (Il sortit une brochure pliée de sa poche arrière.) Avez-vous entendu parler des concours de yo-yo Cheerio qui vont avoir lieu devant le drugstore ? Ils distribuent des badges à feuille d'érable, des chandails et toutes sortes de conneries.

– Collègue, tu as devant toi le mec qui a écrit le livre sur les concours de yo-yo Cheerio. Je crois qu'on ferait bien de se traîner jusqu'au drugstore et de s'acheter deux de ces petits trucs.

Ils s'éloignèrent au travers des arbres en direction de la rue. Dans la lumière mouchetée, ils donnaient l'impression de ne pas marcher au rythme de leurs propres ombres.

Hack

De l'endroit où il était assis dans son fauteuil en osier à dossier droit sur le porche de façade, il entrevoyait à peine la rivière verte, le vallonnement des collines et les chênes sur les crêtes. Mais ses yeux bleu pâle, givrés de cataractes, n'avaient en fait nul besoin de les voir. Il sentait la terre, l'eau et les arbres dans le vent chaud de juillet et parfois, lorsqu'il retombait malgré tout dans les souvenirs, il réussissait à sentir jusqu'aux troupeaux de bestiaux qui se dirigeaient soixante-dix ans auparavant vers les enclos du chemin de fer à San Antonio. Il avait aujourd'hui quatre-vingt-quatorze ans. C'était tout au moins ce qu'ils lui avaient dit, et il y avait maintenant des années qu'il avait cessé de se soucier de perdre la vue. La mémoire et les rêves lumineux et lucides du sommeil lui offraient tout ce dont il avait besoin.

C'était son fils Jack qui l'avait habillé : il lui avait choisi ses mi-bottes marron, son complet western de chez Oshman, une chemise moelleuse boutonnée au col et le John B. Stetson gris perle qu'il portait toujours lorsqu'il s'installait sur le porche. Les jardinières posées sur la rambarde déversaient une pluie de pétunias mauves et blancs, et Jack avait entrelacé tout le treillage de fanions rouges et blancs. Lorsque Hack, le vieil homme, regardait les papiers colorés, les choses se mélangeaient dans son esprit, quant aux raisons de la fête ainsi célébrée. Célébrait-on le 4 juillet ou alors, était-ce vraiment son anniversaire ? Ils lui mentaient souvent, ils inventaient même des histoires à son sujet. Ils disaient qu'il faisait des choses dont il était innocent. Ne serait-ce que quelques instants auparavant, il les avait entendus parler de lui à travers la porte-moustiquaire. Ils parlaient de lui comme s'il était sourd ou ivrogne, incapable d'entendre ce qui se disait.

Il a trouvé le whiskey sous le placard et il a mis le feu à son matelas avec sa pipe. Il aurait brûlé vif si mes Nègres n'avaient pas vu la fumée.

Le vent soufflait les herbes jaunes et hautes du champ derrière la maison et ployait les branches du chêne dans le cimetière de famille des Holland. Les pierres passées au lait de chaux miroitaient d'ombre et de lumière, et tandis que l'image du cimetière venait l'accompagner dans son sommeil, il sentit le vent, et son odeur de pavots sauvages dont le parfum chaud portait à la somnolence.

Son sommeil l'emportait en bien des lieux, là où les gens, les villes, les grandes étendues vierges du Texas restaient inchangées. Chaque rêve les lui ramenait, clairs à sa mémoire, sans distorsion, comme s'il venait de les quitter à la minute : le réveillon d'ivrognes de la nouvelle année, en compagnie des autres Texas Rangers dans le saloon-bordel d'El Paso où John Wesley Hardin avait été tué en 1895 ; lui, à dos de cheval, en train de traverser le Rio Grande au milieu des gerbes d'eau et de boue, les rênes entre les dents, tiraillant sans interruption de sa carabine Winchester en direction de trois voleurs de bétail mexicains qui s'en retournaient au pays ; et les beaux visages enfantins des filles mexicaines qui gémissaient sous son poids à son retour d'un raid contre les troupes de Pancho Villa.

Il entendit d'autres voitures, d'autres camions qui arrivaient, à cogner et brinquebaler sur la route pleine de cassis et d'ornières qui menait au parc de stationnement en façade, puis les voix des gens qui passaient devant lui sous le porche en laissant la porte-moustiquaire reclaquer derrière eux. Quelqu'un lança sur ses genoux une paire de chaussettes partiellement enveloppées de papier crépon et nouées d'un ruban. Les voix à l'intérieur de la maison résonnaient sous son crâne comme un bourdonnement de whiskey à l'ombre surchauffée du porche ;

elles n'avaient aucun sens, trop nombreuses pour être comprises. Il entendit à nouveau claquer la porte-moustiquaire, les planches ployer sous le poids de quelqu'un tout près de lui, et il plongea son regard dans le visage de son gendre, professeur d'histoire à l'université d'Austin, qui se penchait au-dessus de lui comme s'il essayait d'entrapercevoir quelque chose un peu plus loin. Le visage était stupide, de ceux qui vont de pair avec un magnétoscope, une demi-pinte de Jim Beam et des questions condescendantes.

– Comment allez-vous, Hack ? J'ai donné à Jack une bouteille de red-eye [1] pour vous.

– Apportez-la sous le porche.

Ses paroles étaient chargées de mucosités, encore prisonnières de son sommeil d'après-midi.

– Bon, je ne sais pas très bien, à vrai dire, répondit lentement le gendre en souriant, ses yeux rieurs, plissés de pattes d'oie aux tempes, tournés vers sa femme. Jack dit que vous avez déjà fait assez de chambard comme ça cette semaine.

– Donnez-moi une cigarette, dit Hack.

– Le docteur dit que vous êtes censé laisser le tabac de côté. Peut-être que je peux vous trouver un bout de carotte à chiquer dans la maison.

Hack détourna le regard vers la brume jaunâtre des champs, l'explosion de gouttelettes rouge sang dans les terres plantées de tomates, et crut à nouveau sentir l'odeur des pavots portée par le vent.

– Bonnie dit que vous lui avez raconté que vous avez connu Frank Dalton. C'est vrai ? dit le gendre.

– J'ai connu Frank et j'ai aussi connu Bob Dalton.

– Grand-père, tu mélanges tout, dit Bonnie, sa fille. C'est Wesley Hardin que tu as bouclé dans la prison de Yaokum. Tu n'as jamais connu les Dalton.

– Ils étaient huit quand y sont entrés à cheval dans l'enclos. Y'avait Emmett, Bob et Frank devant. Ils voulaient de l'eau du puits pour leurs chevaux, et Bob Dalton avait deux ceintu-

1. Red-eye : whiskey de qualité inférieure. *(N.d.T)*

rons armés qui pendaient à son pommeau de selle. Y'a eu une fusillade de tous les diables dans la grand-rue de Coffeyville, Kansas, deux mois plus tard.

– Êtes-vous sûr que ce ne soit pas simplement des racontars, Hack ? dit le gendre.

– Vous êtes un imbécile, dit Hack.

Le visage stupide de son gendre s'éloigna, il sentit les planches du vieux porche craquer pour revenir à leur position naturelle, puis les contours délicatement arrondis des collines et les chênes vinrent reprendre forme sur fond de ciel brûlant au bleu infini, et il crut entendre un grondement de chevaux, le sifflement d'un train dans un champ, juste au-delà de sa ligne de vision.

Tandis qu'il regardait en esprit la brume brillante, il sut où son sommeil allait l'emporter. Il vit une colline brune, avec, à sa base, une voie ferrée en pente sur un ballast surélevé. Les rails bruissaient d'une lumière mouillée au soleil du petit matin, et les armoises et mesquites rabougris au bas de la pente étaient noirs du passage des locomotives. Hack entendit le train au-delà de la courbe et lui et les autres rangers placèrent leurs chevaux en ligne avant de traverser au pas le champ de pavots sauvages. Les coques sèches de pavots venaient racler le poitrail des chevaux avec le bruit de maracas d'un serpent à sonnettes sur le point de frapper. Les chevaux, la gueule sciée par le mors, les yeux écarquillés par la peur, secouaient la tête en essayant de quitter la piste. Le capitaine McAlester frappa son alezan du poing entre les oreilles.

– Tiens-toi, espèce de verrat de merde, sinon je te coupe les noisettes, dit-il.

L'un après l'autre, ils dégagèrent leur carabine du fourreau de selle. Hack posa la crosse de sa Winchester en appui contre sa cuisse et ôta la lanière de cuir qui tenait le chien de son Colt. Le vent soufflait avec force sur le champ, et ses cheveux en sueur lui donnaient froid à la tête. Il mordit un bout de carotte à chiquer qui dessina une boule dure contre la ligne du maxillaire.

– Sortez votre étoile, messieurs, dit le capitaine McAlester. Nous voulons être sûrs, nom de Dieu, qu'ils sachent clairement qui leur tombe dessus. Satan ira à la messe avant que cette bande de Mexicains recommence ses incursions au Texas.

Il sortirent leur étoile de ranger de la pochette de leur chemise et l'épinglèrent sur leur veste. Ils n'étaient pas censés se trouver au Mexique, mais à l'issue du dernier raid de Villa de l'autre côté du fleuve, ils avaient chevauché deux jours durant, leurs pistolets et carabines à l'abri de leur cache-poussière, sans adresser la parole à quiconque, à se nourrir de viande boucanée et de maïs séché sortis des fontes, à même la selle, avant d'installer leur campement dans un bouquet de genévriers en bordure du champ la nuit dernière. Tandis qu'ils buvaient du café arrosé de whiskey dans leur quart en fer-blanc, le capitaine leur dit de quelle manière ils allaient s'emparer du terrain : en s'en emparant, tout simplement. C'était un bel homme de haute taille, se dit Hack, mais aux lueurs vacillantes du feu de camp, son visage donnait l'impression d'avoir été mis en forme sur une forge. Ils attaqueraient le train exactement à la manière de Sam Houston, lorsque ce dernier avait attaqué et défait les Mexicains à San Jacinto en 1836, en envoyant Deaf Smith – Smith le Sourd – brûler le pont derrière les lignes ennemies. Une fois la bataille déclenchée, toute retraite serait coupée pour les deux camps. Ils se battraient en francs-tireurs, dit le capitaine, sans quartier, et sans en attendre le retour.

Hack sortit la chique de tabac sec de sa bouche à l'aide de ses doigts et la replaça dans sa poche.

– Je parierais que c'est plus amusant de faire ça que de coller John Wesley Hardin dans la prison de De Witt, dit le capitaine.

– Ça, au moins, c'était une bagarre régulière, dit Hack, et tous deux éclatèrent de rire.

– Y'en a queq'z'uns de ces salopards qui arrivent, dit un homme posté sur les rails.

La locomotive s'engagea dans la courbe, soufflant sa fumée blanche par-dessus la ligne incurvée des wagons, voitures fermées, wagons à bestiaux et à plate-forme, tous chargés de petits hommes sombres en uniforme marron. Hack plissa les yeux en fente et aperçut une mitrailleuse, installée sur son trépied juste derrière le poste de conduite. Des Mexicains étaient installés sur la crête des voitures, fusil à la main comme un accroc à leur silhouette, jambes pendantes dans les claires-voies des wagons à bestiaux, dont on aurait dit qu'aucun corps ne venait s'y rattacher. L'ensemble ressemblait à un train de réfugiés plus qu'à des régiments armés en route vers une autre campagne.

– Très bien, on va se les frire dans leur propre graisse, dit le capitaine en poussant son cheval au trot.

Il ne lui était pas vraiment nécessaire de donner des ordres, car chaque homme savait ce que le capitaine allait faire avant même qu'il le fît. Ils se tenaient tous penchés en avant sur leur selle, les rênes enroulés autour d'un poing, la carabine tenue bien droite, les cuisses prenant aisément la mesure des mouvements du cheval, les parties génitales fourmillant de picotements légers, excitées par l'attente. Le capitaine aurait fait un bon officier de cavalerie, songea Hack. Ils avaient le soleil dans le dos et les Mexicains n'étaient encore pas sûrs de savoir qui ils étaient. En outre, le capitaine savait que leurs chevaux manquaient de souffle, juste bons à charger sur quatre cents mètres, et que, s'ils commençaient leur attaque trop tôt, leurs montures seraient trop vite épuisées et leurs carabines sans effet contre le train (« Ces foutues trente-trente leur toucheraient leurs wagons comme une merde de petit plomb à moineaux sur une brique », avait-il déclaré) tandis que les Mauser neuf millimètres et les Kraig trente-quarante des Mexicains les tailleraient en pièces comme des bouts de chiffons.

– Je crois qu'ils ne vont pas tarder à nous renifler. En avant ! s'écria-t-il.

Hack toucha vivement de son éperon à roulette étoilée les côtes de son Appaloosa, se plia vers son pommeau de selle en serrant les jambes, et il sentit toute la puissance du cheval monter comme une houle sous lui. Il faisait mouche à chaque coup, même à dos de cheval, et avait chargé son arme des balles qu'il se fabriquait, têtes molles entaillées en X, avec suffisamment de poudre pour abattre une porte de grange. Il se dressait sur ses étriers chaque fois qu'il faisait feu, éjectait vivement la douille en laiton fumante de trois doigts sur le levier et reprenait le tir. Les explosions dans ses oreilles et l'odeur âcre de poudre brûlée lui faisaient battre le sang aux tempes, et il transperçait, balle après balle, la mêlée de soldats prisonniers de leurs wagons à bestiaux, avant de changer de cible, dirigeant son tir en plein sur les hommes installés sur les crêtes des toits qui essayaient de riposter de leur position assise sans tomber du train.

La Winchester claqua à vide, et il engagea l'Appaloosa au galop le long de la voie, à la même vitesse que le train, les rênes libres accrochées au pommeau, pendant qu'il dégageait les munitions des goussets en cuir de sa cartouchière en bandoulière pour les glisser dans le magasin de son fusil. Deux cartouches lui glissèrent des doigts, et lorsqu'il essaya de les rattraper, il vit que ses jambes de pantalon étaient blanches de pulpe de pavots écrasés. Il sentit le ressort du magasin à bout de course lorsqu'il poussa la dernière cartouche du pouce ; il reprit les rênes qu'il enroula autour du poing et leva son arme, en appui sur l'avant-bras, pour se mettre à tirer sur le premier de tous ces petits hommes dans leurs sales uniformes marron à se présenter dans sa ligne de mire.

Mais il avait oublié la mitrailleuse montée sur la plate-forme, derrière le poste de conduite. Il précédait la locomotive, et tandis qu'il plongeait le regard dans le visage terrifié du conducteur dans sa cabine, derrière sa fenêtre métallique et carrée, en essayant de pivoter en arrière sur sa selle, il comprit qu'il était tout bonnement trop tard. Le mitrailleur avait fait pivoter le canon droit sur lui et redressait la hausse en la martelant du poing, le visage pareil à une patte de singe tordue sous sa casquette. Hack tenta bien de pointer la Winchester, bras tendu, vers l'arrière et de tirer sur lui ; mais le geste était comique, songea-t-il, même lorsque le canon du Lewis lui cracha dessus un éclair sous le soleil, petit coup d'une baguette magique stupide à la face de l'éternité.

Il entendit les balles s'enfoncer avec un bruit sourd dans la cage thoracique de l'Appaloosa, puis les membres du cheval cédèrent sous son poids comme s'il venait de recevoir un coup de merlin entre les oreilles. Hack atterrit dans les pavots à haute tige, les rênes toujours enroulées autour du poing, noyé par le souffle chaud du train. Un entrelacs bleu d'entrailles se pressait au sortir de la blessure suturée par les balles au flanc de son cheval. Il dégagea sa main des rênes et courut à la poursuite de la plate-forme, sans se soucier des rafales de balles croisées qui perçaient l'air autour de lui, et vida le barillet de son Colt .45 à simple action vers le mitrailleur. Il tirait trop vite, et sous le recul de l'arme, ses balles arrivaient trop haut et venaient s'écraser sur la paroi métallique du poste de conduite. Son chien claqua sur une douille vide, et il resta là, le regard rivé au visage du mitrailleur qui s'éloignait.

Rappelle-toi à quoi je ressemble, espèce de salopard, se dit-il, parce que je reviendrai te faire ta fête.

Puis il sentit sa veste voltiger et vit une déchirure horizontale bien nette sur le tissu.

Lève-toi, Hack.

C'était le capitaine, et il avait du mal à reprendre le contrôle du mors de son alezan. Le cou du cheval était couvert d'écume, et une bave verdâtre s'échappait de sa gueule.

– Oublie ce foutu Mexicain. Saute en croupe. Tu m'entends ?

Le capitaine dégagea une botte de son étrier, Hack agrippa l'arrière de la selle et, pivotant sur lui-même, bondit en croupe. Le dernier des wagons en bois passa en brinquebalant, et, dans le silence soudain, sous le vent qui balayait les pavots desséchés, Hack tourna la tête vers la voie ferrée dont le ballast surélevé était jonché des corps des petits hommes marron.

Le lendemain soir, de retour à Juarez, ils s'offrirent alcool et putes jusqu'à l'aube. Toute la nuit durant, il eut droit au défilé des filles qui vinrent le chevaucher, l'une après l'autre, sur le matelas en duvet du lit dont la tête en laiton portait ses pistolets suspendus ; elles lui serraient le sexe entre leurs mains avant de le presser contre elles, à croire qu'elles tiraient elles aussi une part d'énergie du sang de ceux de leur race qu'il avait répandu aujourd'hui. Sur la table de nuit près de sa tête, étaient posées une bouteille de tequila et une soucoupe garnie, sel, piments rouges et tranches de citron vert, et chaque fois qu'il en avait terminé avec une fille, il buvait un verre, un bout de piment entre les dents, qu'il faisait passer d'une tranche de citron salée, et il sentait la chaleur qui venait regonfler son sexe en érection.

– *Lève-toi, Hack.* Ils vont couper le gâteau, disait sa fille, Bonnie.

Il revit le fleuve vert sous la brume d'après-midi et les collines doucement vallonnées pareilles à des seins de femme.

Le gâteau était couvert de dentelle blanche et de roses en sucre, avec son nom, Hackberry Holland, et les chiffres neuf et quatre écrits en glaçage rose sur le dessus. Ils l'installèrent dans le fauteuil en tête de table, d'où il voyait le reflet de son visage dans le miroir encadré d'acajou du mur du salon. À la lueur des bougies roses, il ne reconnut pas le visage, les cheveux blancs qui ressortaient de sous le Stetson, la bouche édentée qui donnait à ses lèvres l'aspect d'une ligne déformée, et cette peau aussi lisse qu'une peau de bébé encadrée de favoris blancs.

– Je vais les souffler pour toi, grand-père, dit Bonnie.

– Où est le petit Hack ? Où il est allé mettre son petit cul, Satchel ? dit-il.

– Il est sous les drapeaux, Hack, dit son fils Jack.

– Pourquoi qu'il est pas là ?

– Il se bat en Corée, c'est la guerre, grand-père, dit Bonnie.

– Il a plus de jugeote que vous tous.

L'espace d'un instant, il vit son petit-fils pieds nus dans sa salopette derrière le traîneau tiré par une mule au milieu des rangs de tomates, en train de cueillir les gouttes de sang d'entre les feuilles pour les mettre dans les paniers, sous le soleil qui brûlait ses épaules couvertes de taches de rousseur.

– C'est moi qui lui ai donné ce surnom, Satchel petit-cul, dit-il. Il ressemblait à une Négresse lavandière, plié en deux dans la rangée de tomates.

Mais ils ne l'écoutaient plus. Ils buvaient leurs bouteilles de Love Star et de Pearl et parlaient fort de choses et d'autres, à cette manière qu'ont les jeunes de faire comme si personne avant eux ne les avait vécues. Quelqu'un plaça devant lui une fourchette et une part de gâteau sur une assiette en carton. Une bougie consumée gisait à plat sur le glaçage.

– Donne-moi mon whiskey.
– Un verre, dit sa fille.
– Bonnie, dit Jack.
– Laissez-le boire son verre, pour l'amour du ciel, dit-elle.

Il la vit qui versait le Jack Daniels dans la tasse posée devant lui. Le whiskey miroitait d'une lumière brune sous l'éclat éblouissant du soleil par la fenêtre. Il porta la tasse à ses lèvres à deux mains et sentit le bourbon dégouliner de sa bouche sur son plastron de chemise, picoter sa langue, brûler au long de sa gorge. Il cligna lentement des paupières comme un oiseau lorsque la chaleur de l'alcool gagna l'estomac en venant lui piqueter le bas-ventre d'un ongle effilé. Sa main se tendit vers la chaude lumière ambrée à l'intérieur de la bouteille.

– Demain, Hack, dit Jack.
– Exact, grand-père, dit son gendre, accroupi auprès de son fauteuil. Bonnie et moi restons pour le week-end, et je veux vous entendre me raconter cette histoire, lorsque vous avez bouclé Wesley Hardin en prison. J'ai apporté le magnétophone et on s'en jettera un petit derrière la cravate tous les deux.
– T'as une tête d'imbécile, dit Hack.

Il n'était pas certain de savoir s'il s'était endormi sous le porche ou sur son lit, dans la petite chambre latérale. Il s'éveilla une fois, pleinement lucide, au beau milieu de la nuit, lorsqu'il urina dans la cuvette métallique qu'il tenait entre ses cuisses nues, et tandis que les dernières gouttes séchaient entre ses doigts, et que le vent au-dehors ployait le chêne de la cour, il se laissa glisser dans un rêve aussi lumineux, aussi clairement gravé à sa mémoire dans la succession de ses images qu'une allumette à bout phosphoré qui serait venue toucher la flamme d'une bougie.

Il était en compagnie de son petit-fils, le petit Hack, au milieu des ruines de la vieille prison du comté. Le plafond et l'un des murs d'adobe s'étaient effondrés, les chevrons du toit pendaient dans le vide comme des dents brisées et dans l'un des coins de la pièce, traînaient quelques bouteilles cassées et des préservatifs usagés. Le petit garçon retraça de ses doigts l'inscription usée par le temps, creusée de l'ongle dans l'un des murs : WES HARDING TUERA HACBKERRY HOLLAND ET LE TRANSFORMERA EN CHAIR À NÉGRO.

– Est-ce que c'est là que tu l'as enchaîné, grand-père ?

– Oui, mais ce n'est pas Wes qui a écrit ça. Quand il voulait tuer quelqu'un, il ne prévenait jamais en envoyant des messages. Il te tombait dessus, pistolet au poing.

Il regarda le visage de son petit-fils et y reconnut ses propres traits, et avant que le jeune garçon pût poser la question, il reprit son récit sur la manière dont il avait jeté en prison l'homme le plus dangereux de tout le Texas. À l'époque où Hack était shérif et juge de paix, il avait fait passer le message à John Wesley Hardin de ne jamais remettre les pieds dans le comté de De Witt. Une semaine plus tard, complètement ivre, après une nuit entière passée à chevaucher depuis San Antonio, il pénétrait dans la cour au lever du soleil, son costume noir barré de traînées de sueur, de boue et de whiskey. Un revolver Colt de la marine lui battait la cuisse et il avait un fusil attaché à la selle. Il lâcha cinq balles qui vinrent se ficher dans l'un des poteaux en bois du porche de façade, tiraillant sans désemparer en relevant le chien à chaque balle sous les ruades de son cheval, la gueule sciée par le mors.

– Sors de là, Hack, et je te colle un pétale de rose entre les deux yeux.

Mais Hack se trouvait dans la grange, auprès d'une de ses juments en train de pouliner. Il attendit que le pistolet de Hardin claquât à vide sur une douille sans balle puis sortit dans la cour, avec, à la main, la Winchester qu'il tenait toujours dans son fourreau de cuir cloué à l'intérieur de la porte de grange.

– Espèce de foutu salopard, dit-il. Essaie de dénouer ce fusil, et je te colle un deuxième trou du cul au milieu de la figure.

Hardin posa son pistolet sur son genou et fit pivoter son cheval en demi-cercle.

– Tu m'attaques dans le dos, pas vrai ? dit-il. Sors ton pistolet, laisse-moi recharger et c'est moi qui paierai tes Négros d'adjoints pour te mettre en terre.

– Je t'ai dit de ne pas revenir dans le De Witt. Tu n'as rien trouvé de mieux que de me mitrailler la maison en faisant probablement fuir la moitié de mes Mexicains. Je vais te coller en cellule, enchaîné de la tête aux pieds pour tentative d'agression sur un représentant de la loi. Descends-moi de ce cheval.

Hardin le regarda sans ciller, de ses yeux de tueur, avant de dégager ses bottes des étriers ; il cisailla alors de ses éperons les flancs de sa monture et se plia sur l'encolure, les doigts agrippés à la crinière tandis que le cheval chargeait en direction du portail. Mais Hack bondit de l'avant dans le même moment, et de ses deux mains sur le canon de la Winchester, comme d'une hache prête à trancher, il toucha Hardin en plein à la base du cou. Hardin s'inclina latéralement sur sa selle avant de tomber au sol à plat dos, et lorsqu'il tenta de se remettre debout, Hack lui allongea un coup de botte en pleine figure. Puis il le balança évanoui sur le plateau d'un chariot à légumes, lui menotta les mains et l'enveloppa de chaînes d'attelage dont il cloua les maillons d'extrémité aux planches.

– Qu'est-ce qu'il t'a dit quand il s'est retrouvé en cellule ? dit le petit-fils.

– Il n'a pas ouvert la bouche. Il crachait dans sa soupe et la jetait par terre tout en me regardant avec de ces yeux, on aurait dit une mèche lente en train de brûler.

Mais il n'avait pas raconté le reste de l'histoire à son petit-fils, cette part qui l'avait toujours tracassé au fil des années, non qu'elle fût très singulière à proprement parler, mais justement parce qu'elle ne l'était pas – quelque chose qu'il avait en lui qu'il n'était jamais parvenu à comprendre.

Sur tout le trajet jusqu'à Yoakum, avec Hardin enchaîné à l'arrière du chariot, le sang lui battait les tempes, sa poitrine se gonflait un peu plus à chaque inspiration, et il fouettait ses mules pour passer des ornières capables de vous briser une roue. Hardin était éveillé et lucide, les mains entravées serrées sur l'avant de son manteau, noir comme un prêcheur de prières, le corps enchaîné qui vacillait sous les coups de boutoir du chariot sur les cassis, et lorsque Hack tournait la tête derrière lui en regardant ces yeux injectés de sang, il se sentait étrangement lié à cet homme, par un sentiment qui ne se fondait ni sur la haine ni sur la peur.

– Tu veux arrêter le chariot, qu'on règle ça comme il faut entre nous ? dit Hardin.

– Je n'ai pas envie de te voir dégringoler de ton cheval et partir en enfer le même jour.

– Si tu te contentes de me mettre en prison, tu sais que tu vas pas dormir cette nuit, Hack. À toi le choix des armes. Pistolet, poignard ou fusil.

– Dis-moi, est-ce que tu as vraiment tué quarante hommes ?

– Y'avait dans le tas des Négros fédéraux, comme tes adjoints. Ça compte pas vraiment, dit Hardin. Je vais te dire quoi. Enlève-moi ces fers, et on prendra un seul pistolet, et c'est toi qui l'auras. Comme ça, on sera à égalité.

– T'es qu'un verrat à merde, Hardin, et c'est à ça que je vais t'utiliser dans ma prison. Tu vas nettoyer les cruchons à restes et les crachoirs jusqu'à ce que je t'expédie au pénitencier de Huntsville.

Mais même après avoir balancé Hardin tête la première dans sa cellule et bouclé la porte derrière lui, le sang continua à lui bourdonner dans la tête, et son visage brûlait au contact de ses doigts. Il laissa les mules toujours harnachées derrière la prison et retourna chez lui sur son cheval d'ajoint au shérif. Il resserra la longue sangle de sa selle mexicaine en la laissant pendre jusqu'au sol, puis il passa la bride par-dessus la tête du cheval, dont il claqua la croupe direction Yoakum. La Mexicaine (elle s'appelait Marta, lui semblait-il) était occupée au fond de la grange à mélanger mélasse et nourriture dans une musette destinée à la jument qui venait de mettre bas. Les poils de ses bras étaient couverts de traces de sang séché et de filets de membrane arachnéens. Elle commença à sourire avant de se détourner vers la stalle en voyant le visage de Hack. Ses seins étaient trop volumineux pour la chemise d'homme en toile bleue qu'elle portait, ses cuisses trop épaisses à force de travailler dans les champs en courbant l'échine. Son visage plat d'Indienne et ses yeux d'obsidienne se retournèrent une nouvelle fois sur lui, et elle essaya de passer les lanières de la musette autour des oreilles de la jument en se pliant en deux par-dessus la cloison de la stalle avant que les mains de Hack ne la saisissent aux épaules pour la tirer en arrière. Il la poussa contre les sacs de grain, et lui souleva sa robe de paysanne sur les hanches avant de faire glisser ses pantalons de dessous sur les jambes. Elle accepta la chose, elle n'avait pas le choix, la tête tournée vers la stalle, et lorsqu'il eut atteint cet instant où le cœur se précipite, en la besognant, la tête pressée entre ses seins, elle le repoussa doucement des paumes de ses mains.

– Elle va mordre le poulain si elle mange pas, dit-elle.

– Non. Encore, dit-il, et il se sentit brûler de cette même chaleur au fond de lui toute la matinée.

⁂

La matinée brillait d'un grand soleil sous le porche, et les nuages soufflés par le vent laissaient des zones d'ombre profonde pareilles à des meurtrissures sur les douces collines vertes au lointain. Sa fille lui passa un peigne dans les cheveux qu'elle caressa des doigts comme elle l'aurait fait à un enfant, avant de reposer le Stetson sur sa tête en écartant une mèche blanche de son sourcil.

– Tu as l'air beau comme tout, grand-père, dit-elle.

– Mais on ne veut pas vous voir courir les femmes quand on ira en ville, ajouta son gendre.

Il les laissa le prendre chacun par un bras pour l'aider à monter dans la décapotable ; puis défilèrent devant ses yeux le portail d'entrée, les bœufs Angus en train de paître l'herbe courte de la prairie devant la maison, l'éolienne qui tournait sous la brise brûlante et la pompe à eau qui crachait dans l'auge de l'abreuvoir, et finalement, la longue clôture blanche qui fermait le champ où son fils gardait ses pur-sang. Les cailloux cliquetaient sous les ailes, puis la voiture franchit en grondant la grille de sol enpêchant la sortie du bétail et les pneus se mirent à siffler à ses oreilles sur la chaussée de goudron mou. Les pins et les chênes s'étiraient en bouquets épais le long de la route, et il sentit l'odeur des aiguilles sèches au sol et de bois de chêne rabougri en train de brûler dans quelque fumoir de ferme. Un train sifflait quelque part au-delà d'une mare en bordure de la courbe de la route.

– Où est-ce que vous avez dit qu'il était, Satchell petit-cul ? demanda-t-il.

– En Corée, grand-père. Tu te souviens donc pas qu'il nous a envoyé sa médaille ? dit sa fille.

Lui aussi a ça dans le sang, songea-t-il. *Aucun des autres ne l'a reçu.*

La route courait en virages au sortir des bois avant de plonger à flanc de colline, puis le paysage se changeait en plaine semée de petites fermes et de maisons blanches immaculées, toits de tôle et jardins de roses. Les panneaux publicitaires et les énormes pancartes peintes sur les flancs des granges défilèrent devant lui, puis le drive-in et le parc à caravanes, les maisons préfabriquées, au milieu d'un champ défriché au bulldozer, et il essaya de faire revenir à sa mémoire ce à quoi cette partie de la région ressemblait jadis, mais la décapotable allait trop vite.

Son gendre rangea la voiture sur le terre-plein surélevé du trottoir où subsistaient encore les vieux anneaux scellés dans le béton qui servaient jadis à attacher les chevaux, puis il mit une pièce dans le parcmètre. C'était samedi, il y avait foule sur le trottoir, Mexicains, Nègres et familles de fermiers, et la plupart des commerçants avaient déroulé les auvents en façade de leur boutique et placé des chaises en bois à côté de leur porte. Le soleil brûlait les sièges en cuir de la décapotable. Le regard de Hack se porta au-delà du pare-brise, vers la pénombre qui régnait à l'intérieur de la salle de billard située droit devant lui. Il entendait le claquement des boules, les rires enivrés des valets de ferme et des coupeurs de bois de cèdre, il sentait presque l'odeur de bière des bouteilles alignées sur le comptoir.

– On va juste au bazar, grand-père, dit Bonnie.

Il les vit qui s'éloignaient sous le soleil avant de passer dans l'ombre d'un auvent. Une goutte de transpiration coula sous son chapeau et s'accrocha à ses cils comme un petit diamant. Il faisait trop chaud dans la voiture et il avait envie d'uriner. Puis un homme imposant, les cheveux gris, les épaules carrées, les yeux aussi bleus qu'une flamme de butane, vint se poster tout contre la portière.

– Tiens, bonjour, monsieur Holland, comment allez-vous aujourd'hui ? dit-il en soulevant la main de Hack dans la sienne. Est-ce que je peux aller vous chercher un verre de bière au bar ?

– Ils veulent rien me donner à boire à la maison.

– Bon, je ne pense pas que Bonnie y trouve à redire. Attendez ici, je reviens tout de suite.

L'homme de haute taille chaussé de bottes de cow-boy remonta sur le trottoir surélevé et pénétra dans l'obscurité de la salle de billard. Quelques instants plus tard, il était de retour avec une chope de bière dont la mousse et le verre givré de glace lui dégoulinaient sur la main.

– Quand vous aurez fini celle-ci, monsieur Holland, faites-moi juste signe et je vous en apporterai une autre.

– Mon petit-fils, le petit Hack, se bat de l'autre côté de la grande bleue.

– Oui, monsieur, on en a entendu parler. Ils lui ont donné la Navy Cross, pas vrai ?

– C'est un Holland. C'est le seul du paquet à avoir la même chose dans le sang.

– Très bien, O.K., monsieur Holland, faites-moi savoir quand vous serez prêt.

Hack porta la chope à sa bouche des deux mains, ses yeux de givre plongés dans la bulle laitonnée de la bière qu'il but d'un trait jusqu'au bout. Il sentit la mousse lui dégouliner du menton et quelque chose d'humide se mit à glisser le long de son pantalon jusque dans ses mi-bottes. Il repoussa la chope sur le tableau de bord et fit signe de la main à la bouche sombre de la salle de billard. À l'intérieur, les gens se déplaçaient comme des ombres dans le bruit des boules de billard et du juke-box. Les sièges de cuir lui brûlaient les mains et l'odeur qui se dégageait de son pantalon lui donnait la nausée. Il frappa au pare-brise, sa bouche creusée ouvrant et se fermant comme celle d'un poisson.

Puis, soudain, apparut sur le côté de la voiture, un homme de haute taille qui semblait avoir été taillé dans un morceau de fer de forge. Sa silhouette lui fit l'impression de casser le soleil meurtrier en deux.

– Tiens, bonjour, Hack. Alors ça roule ? dit l'homme.

Hack crut entendre se briser une branche du chêne de la maison, qui claqua sous le vent brûlant comme un coup de fusil.

– Je ne m'attendais pas à vous voir ici, capitaine McAlester, dit-il.

Il serra la main tendue que lui offrait le capitaine, la serra, rugueuse comme une planche lui mordant la paume, et il sentit alors les muscles toniques de son bras se gonfler de force et d'énergie.

– On n'a plus vraiment rigolé ensemble depuis ce jour où on a tué tous ces Mexicains avant de passer la nuit dans cet hôtel de passe à Juarez, dit le capitaine. Tu te souviens quand tu as mis Wes Hardin sous les verrous ? Il a dit qu'il allait te descendre dès qu'y serait sorti de Huntsville.

– Mais il n'en a pas eu l'occasion, cependant, dit Hack. Le vieux John Selman lui a collé une balle dans l'œil le premier.

– Il fait trop chaud ici, Hack. Viens, on va se promener et se fumer un cigare.

Hack ouvrit la portière et monta sur le trottoir, à l'ombre de l'auvent, les épaules bien droites sous sa veste ouverte, un havane intact entre les dents. Il fit craquer une allumette de ménage sur l'ongle du pouce, mit les mains en coupe sous la brise tiède, et aspira la fumée. Il se sentit par tout le corps une puissance et une confiance physiques qu'il n'avait plus connues depuis que la force de l'âge l'avait quitté.

En compagnie du capitaine, il descendit Main Street sur toute sa longueur. Ils saluaient les femmes d'un soulevé de chapeau et déclinaient poliment les invitations à boire d'hommes qui désiraient être vus au bar en compagnie de deux des meilleurs défenseurs de la loi de tout le centre-sud du Texas.

Aux limites de la ville, il s'appuya contre le poteau de bois devant le magasin – sellerie, bourrellerie et nourriture pour animaux – et son regard se porta au loin jusqu'aux limites d'un vaste champ au sol flétri brûlé par la sécheresse. À l'horizon se dressait une montagne marron peu élevée, couverte d'une brume d'été. Il sentait l'odeur assoupissante des pavots soufflée à travers champs.

– C'est là qu'on va, pas vrai ? dit-il.

– Allons marcher un peu dans le champ, Hack.

Il entendit les coques desséchées des pavots bruisser autour de lui avec un bruit de maracas, le sifflement d'une locomotive quelque part au-delà de la courbure de la montagne tandis qu'il s'enfonçait dans le champ avec le capitaine, cette fois, sans résistance, sans passion ni frayeur devant le visage tordu en patte de singe d'un mitrailleur.

En limite du champ, il aperçut devant lui une vieille prison aux murs d'adobe bâtie en retrait au milieu d'un bouquet de genévriers, et entendit les flots d'injures d'un prisonnier entravé de chaînes. Était-ce John Wesley Hardin qui hurlait là-bas, à l'intérieur de la bâtisse, ou alors, était-ce lui-même ou son petit-fils ? songea-t-il.

– Non, monsieur, c'est Satan en personne que tu as enchaîné dans cette cellule, dit le capitaine.

Puis il vit le train aborder la courbe de la montagne, soufflant sa fumée sur sa filée de wagons et les hommes assis sur la crête des toits, et rien qu'un instant, il crut entendre le rire de filles mexicaines dans un grondement de sabots.

Nous bâtissons des églises, Inc.

Au-delà des rizières gelées, les collines brunes de la Corée du Nord se veinaient de zébrures de glace, grêlées des cratères de nos 105. Il faisait froid, le soleil brillait, et le fil de fer barbelé que nous avions tendu autour de notre périmètre était à moitié enterré sous la neige, déroulant ses anneaux, tantôt à l'air libre, tantôt enfouis, comme un serpent hideux dont une tondeuse aurait sectionné le corps en segments. Mais nous n'étions pas vraiment inquiets d'une attaque frontale en cette troisième semaine de novembre 1950. Nous avions tué les communistes par milliers sur tout le territoire de la Corée du Nord, empilant leurs corps au bulldozer dans les tranchées dont les tanks tassaient ensuite la terre de remblai, avant qu'ils ne prennent la fuite sous un ciel de grisaille vers les collines où ils s'étaient cachés comme des brigands. C'est alors que l'hiver des montagnes chinoises avait balayé le Yalu, et les collines s'étaient mises à craquer haut et clair de claquements secs tandis que nos F-80 et B-25 les bombardaient douze heures par jour de napalm, de phosphore, de charges incendiaires qui généraient une chaleur telle dans le sol que les pentes arides continuaient encore à fumer le lendemain matin.

Jason Bradford était assis, le dos contre la tranchée ; il regardait une photo en première page de *The Stars and Stripes*. Il s'abritait sous une couverture remontée jusqu'au menton, et ses mains gantées de moufles ressortaient de sous la couverture. La moufle de sa main droite était découpée pour dégager le doigt qui appuyait sur la détente. Pendant la nuit, sa patrouille était tombée sur un poste d'écoute nord-coréen ; ils avaient perdu un homme, une grenade à manche que les Coréens avaient réussi à lancer avant que le sergent ne les crible de points de suture dans leur trou. Jace avait le pourtour des yeux rouge, et il ne cessait de se titiller la joue d'un doigt comme s'il avait une rage de dents.

– Donne-moi encore une giclée de gin, Doc, dit-il. Je veux avoir chaud même si ce truc doit me bouffer l'intérieur jusqu'aux orteils.

Je sortis un flacon de codéine de mon sac et le lui tendit.

– Santé, dit-il, en portant le rebord du flacon à ses lèvres.

Il se rinça les dents de la codéine et l'avala avec le même plaisir qu'un Martini.

– Regarde un peu cette photo. Une photo comme ça, c'est pas un accident.

Un journaliste de *The Stars and Stripes* photographiait une escadrille de B-25 en vol, mais lorsque le cliché avait été développé, les avions n'apparaissaient que dans le coin droit et le champ tout entier était occupé par la tête et les épaules de Jésus-Christ.

– Tu comprends, j'ai suivi un cours de météorologie à Amherst, et ce genre de nuages ne se rassemble pas en formation comme ça, dit Jace.

– C'est ce qu'on appelle une illusion d'optique, dit le caporal assis devant nous.

C'était un grand gaillard du fin fond de la cambrousse d'Alabama du Nord qui s'appelait William Posey. Il haïssait le corps des marines pour des raisons différentes du reste d'entre nous : l'armée l'avait envoyé en Corée combattre les Chinetoques, qu'il considérait comme inférieurs encore aux Noirs.

– Y'a un prêcheur dans une radio de Memphis qui vend des trucs comme ça, dit-il.

– Willard, mon ami, le monde entier ne ressemble pas aux collines du nord de l'Alabama. Il va bien falloir que tu comprennes ça un de ces quatre, dit Jace.

– J'ai pas ta culture, dit Willard, mais ch'sais qu'ce mec à Memphis, c'est un escroc, et que ça, c'est pas une photo de Jésus. Tu crois peut-être qu'il se mettrait à veiller sur un pays plein de païens qui attachent les hommes au fil de fer avant de les passer à la mitrailleuse ?

Une semaine auparavant, nous avions découvert les cadavres de seize marines gelés dans la neige en bordure d'une voie ferrée. Nous fîmes l'hypothèse qu'ils avaient été capturés dans le Sud et, pour une raison inconnue, on les avait fait descendre du train avant de les exécuter. Le fil de fer qui leur attachait les poignets était tellement incrusté dans les chairs qu'il nous fut impossible de le sectionner sans déchirer les chairs gonflées.

Jace recommença à tripoter sa joue ; il s'enfonçait dans la barbe les cristaux de glace de ses moufles, à croire que sa mâchoire était complètement insensibilisée.

– Tu te souviens de la bande de Chinetoques qu'on a fait prisonniers il y a à peu près deux mois de ça ? dit-il. Le lieutenant les a expédiés vers la ligne arrière avec les ROK [1]. Est-ce que tu crois que ces mecs sont allés plus loin que la première colline ?

– C'est que des singes qui se tuent entre eux. Ça fait des centaines d'années qu'y font ça sur ce tas de merde. Ç'a rien à voir avec nous.

– Ç'a au contraire tout à voir, avec le lieutenant, et nous tous également, Willard, dit Jace.

– Vaudrait mieux qu'tu laisses tomber le gin, dit Willard, qui ramassa son M-1 et s'éloigna dans la tranchée.

Jace avala une nouvelle gorgée de sa bouteille et reposa la tête en arrière sur son casque. Il avait refusé de faire l'école des officiers à Quantico, que ses études, sa belle gueule et sa carrière comme joueur de la crosse à l'université auraient dû le pousser à suivre comme un prolongement naturel de son existence.

– Willard n'est pas éducable, dis-je.

– Ah, mais c'est ça, justement. On l'a éduqué.

– Ne fais pas tout un mystère d'un homme simple.

1. Republic of Korea. *(N.d.T.)*

– Vous, les gens du Sud, vous vous serrez les coudes, pas vrai ? Quand on en arrive à devoir faire le choix entre la raison et le débitage de sornettes, la bouche encore pleine de chou vert, il y a chez vous une sorte d'atavisme qui vous pousse toujours vers la deuxième solution comme une mouche sur une bouse de cochon.

– Qu'est-ce qu'il y a, Jace ?

– Ce môme, la nuit dernière.

– C'était juste un manque de chance.

– Mon cul. Ça faisait une journée qu'il était au front. Il n'aurait jamais dû être envoyé en patrouille. J'entendais sa respiration dans l'obscurité derrière moi, le genre de souffle qu'on entend quand un mec a le cœur tellement au bord des lèvres qu'il lui sort par la bouche. Il a dû vouloir prouver quelque chose parce qu'il a pris sur lui et s'est bien remonté en se collant juste derrière l'homme de flèche. Quand nous sommes tombés sur les Bridés, une grenade a volé du trou. Il s'est contenté de la fixer des yeux avant de la tâter du bout du pied, comme s'il s'agissait d'une chose qu'il se refusait à toucher mais dont il ne pouvait pas, en même temps, s'éloigner au pas de course.

À l'arrière, quelqu'un essayait de démarrer le moteur froid d'un tank. Les pignons du démarreur couinaient dans l'air immobile et silencieux comme du verre de bouteille de Coca écrasé.

– Je devais avoir les yeux fixés sur lui en lui hurlant dessus, parce que je l'ai vu qui s'embrasait d'un coup comme si on lui avait peint des flammes sur tout le côté du corps.

– Rends-moi la codéine et va dormir.

– On ne dort pas aujourd'hui, Doc. On va poser des mines. Quelqu'un a dit que la 1re division avait capturé des Chinois à un réservoir plus haut sur la route.

– Des Chinois ?

– Ils ont probablement mis la main sur des montagnards coréens qui parlent en dialecte, et un quelconque connard de traducteur a été incapable de les reconnaître.

– Vaudrait mieux que tu dormes, de toute manière.

Jace tourna la tête vers moi et plissa les yeux sous le soleil. Son casque dessinait une ombre en diagonale qui lui barrait les yeux et donnait l'impression que son visage avait été recousu à partir de pièces disparates.

– Ce qu'il faut que tu comprennes, c'est que je suis quelqu'un de pratique, dit-il. J'ai un pied planté solidement dans ce monde-ci. Et ça, c'est parce que je viens d'une famille qui ne s'est jamais égarée dans l'autre monde. Nous savons la manière de nous accrocher à un beau morceau de celui-ci et de nous en contenter.

Je ne connaissais pas le genre d'introspection qui le conduisait au travers des labyrinthes brumeux qu'il portait en lui, voire même si introspection était le mot qui convenait. Il parlait d'une voix exacerbée et tendue, et la fatigue était une explication que seuls les civils utilisaient. J'avais vu la dinguerie apparaître sous bien des formes depuis mon arrivée en Corée, mais elle prenait habituellement pour cibles les hommes à leur baptême du feu ou à l'issue d'un barrage d'artillerie, lorsqu'ils devenaient hystériques et qu'il fallait les calmer à coups de morphine. Mais Jace était en première ligne depuis Incheon et il avait fait ses preuves à chaque accrochage sur tout le territoire de Corée du Nord.

– Laisse-moi t'expliquer de cette façon-ci, dit-il. Le premier Bradford du Massachusetts était charpentier de marine, et les puritains bâtissaient des églises à travers tout le pays. Mais ça prend beaucoup de temps de bâtir, à partir de rondins équarris, en particulier quand il faut s'arrêter pour tuer tous les Indiens et écraser les sorcières à mort. Le premier Bradford, le charpentier, était très croyant et il a eu une idée qui devait régler le problème pour tout le monde. Il a engagé une troupe de mecs comme lui et ils ont construit l'église sur contrat. Il payait les autres mecs de sa poche, et tout ce qu'il demandait à la communauté, c'était un petit lopin de terre à son nom qu'on lui réservait. Il a bâti ainsi des églises à Salem, Cambridge, Haverhill, partout où il trouvait du bois et des puritains. Ça a continué comme ça pendant trente ans, jusqu'à ce que certains fermiers commencent à comprendre qu'il possédait probablement plus de terres que quiconque dans tout l'état. Alors tous ces remueurs de fumier se sont mis ensemble et l'ont fait passer en jugement pour sorcellerie, et ils disposaient pour ça de quelques bonnes preuves à charge. Il était fort comme un cheval de trait, et il était capable de tenir un mousquet à bout de bras rien qu'en enfilant un doigt dans le canon. Et donc les remueurs de fumier sont allés dire qu'il était de mèche avec ce bon vieux Satan, et ils ont essayé de le faire avouer par ordalie. Ils l'ont crucifié au sol, attaché à des pieux, ils lui ont collé sur le corps une porte en chêne qu'ils ont chargée de pierres, une à la fois. Tu comprends, le fin mot de l'affaire, c'est que si un sorcier avouait, tous ses biens repassaient dans le domaine public. Ils lui ont écrasé la poitrine en lui cassant les côtes comme des allumettes, mais pas un mot d'aveu n'a passé ses lèvres.

« Ses fils ont hérité de ses biens et ils ont trouvé un moyen de les protéger contre les remueurs de fumier. Ils ont monté une société sous le nom de : Nous bâtissons des églises, Inc. On ne peut pas faire passer une société commerciale en jugement pour sorcellerie, pas vrai ? Ces puritains étaient capables de te faire frire les couilles à l'huile bouillante, mais ils savaient qu'une compagnie commerciale était sacrée.

« Et ma famille bâtit des églises depuis ce temps-là, et nous sommes toujours propriétaires de quelques-unes des terres attribuées au charpentier. Il y a une banque à Cambridge qui s'est construite sur l'emplacement exact de sa forge.

« Est-ce que ça a un sens, ce que je viens de dire ? Sais-tu ce que j'entends maintenant par avoir une vision de deux mondes ? »

Un œil semblait étiré vers la joue, exactement comme s'il alignait les mires de son M-1.

Je ne voulais pas répondre. Je voulais simplement récupérer la codéine et discuter avec le lieutenant de l'éventualité de relever Jace avant les autres. En tant qu'infirmier, j'avais la possibilité de dire qu'à mon avis, il souffrait de pneumonie galopante.

J'entendis un camion aux roues chaînées broyant la neige gelée de la route qui remontait derrière nous la rizière glacée. L'une des chaînes était cassée et fouettait le passage de roue.

– On dirait que les réchauffeurs à petons ne vont pas tarder à arriver, dis-je. Rends-moi la codéine avant de te faire sauter la figure en morceaux.

Je descendis la tranchée et passai devant Willard, debout contre le terre-plein, les mains sous les aisselles, occupé à fumer une cigarette sans l'ôter de la bouche. Le lieutenant se tenait un peu plus loin : il me tournait le dos, la tête penchée sur un compas à secteur, posé sur une gamelle qu'il avait calée horizontale en l'enfonçant dans la neige. Il fit pivoter une branche du compas d'un doigt vif avant de reporter l'angle relevé sur son calepin.

– Pourrais-je vous parler une minute, lieutenant ?

– Allez-y, dit-il, ses yeux bleus toujours préoccupés par la disposition du champ de mines que nous allions placer.

Diplômé d'Annapolis, c'était un bon officier, mais il se montrait parfois ferme, voire obstiné et irrité par ce qu'il estimait être une revendication.

– Bradford crache ses muqueuses depuis deux semaines. Je crois qu'il pourrait avoir une pneumonie.

– A-t-il de la température ?

– Il a refusé que je la prenne.

Le regard du lieutenant vint se plonger dans le mien.

– Quel genre de conneries êtes-vous en train de me refiler là, Doc ?

– Je me disais qu'il devrait repartir avec le camion de mines jusqu'au poste de secours.

– Vous vous disiez que vous alliez me refiler une belle entube comme à un petit jeunôt timide. Vous êtes infirmier depuis trop longtemps pour ce coup-là, Doc.

– Je suis censé vous présenter mes recommandations, lieutenant.

– Vous feriez mieux d'écouter ce que je dis et ne plus jamais me refaire un coup pareil.

– Bien, lieutenant.

Je repartis dans la tranchée. Je me sentais stupide et humilié. Devant moi, je vis que Jace avait escaladé le terre-plein et se dirigeait vers le camion. En passant devant Willard, ce dernier m'attrapa la manche et me tira vers lui.

– Ne froisse pas mes fringues, dis-je.

– Calme-toi et prends-toi un clope. J'ai quelque chose à te dire.

Il alluma une Camel à celle qu'il fumait et me la tendit.

– J'ai entendu ce que tu as dit au lieutenant et j'ai aussi entendu ce que Bradford t'a raconté à propos du gamin qui s'est fait allumer la nuit dernière. T'as fait c'qu'y fallait pour essayer de le sortir de là. Y voit pas les choses bien clair dans sa tête, et c'est ça qui fait que les gens se font descendre.

– Qu'est-ce que tu veux dire ?

– Ce môme, il était pas derrière le mec en pointe. Il est resté tout le temps à l'arrière. Les trois Bridés, y z'étaient dans leur trou au sommet d'un arroyo, et on les a pas vus avant que leur écrase-patate nous roule dessus. Mais le môme est resté là comme s'il avait les pieds pris dans la glace. Bradford a été le dernier à se coller au sol. Peut-être qu'il aurait pu bousculer le môme pour le plaquer par terre. Peut-être qu'on aurait tous pu faire ça. C'est la faute à personne. Mais je voulais te dire que ça s'est pas passé comme Bradford il a raconté. Je vais te dire quoi. Je vais lui coller au train de si près qu'il va croire qu'il a attrapé des hémorroïdes. S'il recommence à raconter des dingueries, ou si je suis d'avis qu'il se remet à déconner, je vais raconter au lieutenant la même chose que toi.

– T'es un mec bien, Willard.

– Merde. Y me reste treize jours jusqu'à la relève et je vais pas me faire descendre à cause d'un cinglé.

*
**

Lorsque le soleil se coucha derrière les collines, une lumière rouge noya les terres et il suffit de quelques minutes pour que la température se mît à dégringoler. Le vent soufflait des collines, et la neige tombée le matin même s'était figée en croûte mince, luisante et gelée, qu'on perçait du doigt. Au-delà des barbelés, les creux de terrain où l'on avait placé les mines ressemblaient à des fossettes luisantes sur un morceau de paysage lunaire. Mes pieds et mes oreilles me faisaient mal dans le froid comme si on les avait battus à coups de planchette.

Dans la pénombre sinistre et mauve de la tranchée, Jace retournait son sac de tous côtés à la recherche de quelque chose. Ne le trouvant pas, il bascula le paquetage puis détacha le rabat en toile avant de recommencer à fouiller de plus belle.

– Qui a pris mon journal ? dit-il.

Willard et moi regardâmes son visage anxieux sans répondre.

– Je veux savoir qui l'a pris. Je l'avais mis sous le rabat.

– L'Indien essayait d'allumer un feu, dit Willard.

– Espèce de salaud de menteur.

– Redis-moi ça encore une fois et je te casse les os de la figure un à un.

– Essaie donc un peu. Je ne suis pas l'un de tes Noirauds de la plantation. C'est toi qui l'as pris, hein ? Dis-le. Il a fallu que tu détruises ce qui ne collait pas avec ta cervelle de Sudiste ignorant.

– Quoi ?

– Tu m'as bien entendu. Tu es incapable de penser autre chose que ce que tu entends sur tes radios de cambrousse ou d'imaginer ce qui a pu arriver à un groupe de Bridés qu'on emmène au pas derrière une colline.

– J'ai vu l'Indien qui l'avait, dis-je.

– Occupe-toi de tes affaires, Doc, dit Willard.

J'entendis au loin le claquement d'armes portatives pareil à une filée de pétards, suivi par deux longues détonations de fusil mitrailleur Browning sur notre flanc droit.

– Qu'est-ce qu'il fait, ce trou du'c ? dit Willard, le visage pétrifié sous la rougeur du crépuscule.

Et nous vîmes les Chinois sortir des collines et avancer vers nous. Ils nous apparaissaient sur la crête en silhouettes, pareilles à des fourmis venant se réfugier en masse au sommet d'un rondin en train de sombrer, avant de dévaler comme un torrent les pentes et les arroyos vers la rizière. Ils avançaient sous la protection d'un barrage de mortier qui les précédait et faisait sauter les mines que nous avions installées plus tôt en geysers de neige et de terre jaunâtre qui volaient haut dans les airs. Nous nous blottîmes en fœtus au fond de la tranchée, chacun de nous, le visage blanc, seul avec sa terreur, tandis que la réverbération des obus dans le sol augmentait d'intensité. Puis, une fois notre ligne d'attaque bien encadrée, ils passèrent aux choses sérieuses. Les explosions ressemblaient à des moteurs de locomotive en train de voler en éclats. La tranchée dansait de lumière, les flammes nouaient en vagues successives les anneaux de barbelé, et un tir tendu toucha la réserve de carburant enterrée sur nos arrières en faisant souffler sur nous un ballon de feu qui nous brûla la peau.

Lorsque cessa le barrage, la neige des cratères autour de nous sifflait encore sous la chaleur des fragments d'obus qui s'y trouvaient enterrés et l'horizon des collines était couvert de petits hommes sombres en uniformes molletonnés. Ils nous arrivaient par vagues successives, piétinant les corps de leurs propres morts, et se faisaient tuer par milliers. La longue étendue de rizière était zébrée de balles traçantes et de temps à autre, l'une de nos mines sautait et soufflait les hommes dans les airs comme des tas de chiffons. Nous empilions des paquets de neige sur nos mitrailleuses calibre .30, à tirer sans relâche jusqu'à faire disparaître les rayures de l'acier et fondre les canons. Lorsqu'une voix sur la ligne de feu venait nous hurler qu'ils poussaient des civils au-devant d'eux, les tirs jamais ne s'arrêtaient. Voire même redoublaient-ils sous les doigts des mitrailleurs gelés sur la queue de détente écrasée contre le pontet, afin d'atteindre les porteurs des meurtrières sulfateuses au chargeur circulaire de cinquante balles.

Le fond de la tranchée était jonché de douilles et de caisses de munitions vides. Willard était à côté de moi et tirait au M-1 posé en appui sur le terre-plein, ses chargeurs pleins soigneusement alignés dans la neige. J'entendis une balle venir se fracasser avec un claquement sec de métal en plein milieu de son casque avant de le transpercer et de ricocher à l'intérieur. Il pirouetta sur place au ralenti, son casque roula sur son épaule, et le sang se mit à couler en filets rouges de sous sa cagoule. Le sommet du crâne était ouvert, comme d'un coup de bistouri, laissant apparaître le cerveau. Willard glissa contre la paroi de la tranchée, une jambe repliée sous lui, la mâchoire distendue à croire qu'il s'apprêtait à bâiller.

– Préparez l'évacuation des blessés, Doc, dit le lieutenant. On va avoir une couverture d'artillerie dans quarante-cinq minutes et on dégage.

– Dans quarante-cinq minutes, on sera réduits à l'état de spaghettis.

– Ils ont un autre secteur à couvrir en priorité. Préparez ces hommes à être évacués.

Cinq minutes plus tard, le lieutenant s'en prenait une au travers de la gorge et l'artillerie n'arriva jamais. Avant d'être submergés par le nombre, nous leur collâmes un lance-flammes en pleine figure en les cuisant sur pied à trente mètres. L'uniforme réduit en cendres, leurs cadavres noircis s'empilaient les uns sur les autres comme des spectateurs entassés dans une sortie de secours lors d'un incendie. Plus loin dans la tranchée, j'aperçus Jace, le dos appuyé contre le terre-plein, le visage blanc, en état de choc, le manteau ouvert par le souffle et roussi par les flammes.

Je n'avais pas entendu de grenade exploser dans le rugissement des sulfateuses, mais lorsque je dégageai sa vareuse, je vis le sang sourdre à travers la demi-douzaine de déchirures dans son chandail. Ses yeux louchaient, et il ne cessait d'ouvrir la bouche comme s'il essayait de se déboucher les oreilles. Je l'allongeai sur une civière, bouclai uniquement les sangles de jambes et demandai à un marine de soulever l'autre extrémité.

– Y'a pus un endroit où aller, dit le marine.

– On monte. Il y a une ambulance derrière le tank.

– Hé, merde, ils sont dans la tranchée.

Le flanc avait disparu, et soudain, ils furent partout. Ils tenaient leur sulfateuse de biais, accrochée à l'épaule, et tiraient sur les morts comme sur les vivants. Des marines, l'arme vide, étaient blottis au fond de la tranchée et levaient les mains contre les balles qui leur ratissaient le corps. Les très braves se redressaient, baïonnette et pelles à la main, pour se faire tailler en pièces l'affaire de quelques secondes. Pour la première et unique fois de mon existence, je pris la fuite devant un ennemi. Je laissai tomber la civière et me mis à courir vers le flanc droit, où j'avais encore entendu tirer au Browning automatique. Mais je n'eus pas très loin à aller. Parce que je vis un des petits hommes sombres sur le terre-plein au-dessus de moi, son visage de Mongol crispé par le froid, son uniforme molletonné et ses chaussures de tennis couverts d'une croûte de neige. Il venait de manœuvrer la culasse sur un nouveau chargeur avant de replacer la bandoulière sur l'épaule, et je savais que les balles fabriquées en Tchécoslovaquie, enchâssées de laiton, et capables de transpercer un blindage, avaient finalement trouvé leur destinataire.

Joe le Bridé. Comment vas-tu. Poinçonnez-moi mon ticket de transfert bien proprement, monsieur. S'il vous plaît, ne déplacez pas les plaques d'identité. Elles ont une fonction très pratique pour des raisons que vous ne comprenez pas. Par la suite, il faudra les détacher pour les insérer entre mes dents, parce que les caisses se mélangent dans le wagon à bagages, et il faut absolument que je descende à San Antone ce soir. Oh désolé, je vois que vous devez vous mettre au boulot.

Mais c'était un mauvais tireur. Il baissa trop le canon de son arme sur sa bandoulière, et son angle de tir me taillada les mollets comme des glaçons pointus avant de m'expédier au sol, tête en avant, sur le corps du lieutenant comme si un mauvais plaisantin venait de me chasser les jambes sous moi. Pendant les quelques secondes qui suivirent, à attendre la rafale qui devait me déchiqueter le dos, j'entendis la montre au poignet du lieutenant qui me jetait ses tic-tac à la figure. Mais lorsque la sulfateuse rugit à nouveau, elle était pointée sur une cible plus digne que moi, le serveur de Browning automatique, debout dans la tranchée, le trépied de l'arme battant sous le canon, qui continua à tirer jusqu'à ce que la culasse claque à vide avant de se faire abattre par une demi-douzaine de Chinois.

***

Je passai les trente-deux mois qui suivirent dans trois camps de prisonniers de guerre. J'ai connu Beau Camp, que les Japonais avaient utilisé pour les prisonniers britanniques pendant la Seconde Guerre mondiale, Pak's Palace aux abords de Pyong Yang, et Camp Five – le camp cinq – dans No Name Valley – la vallée sans nom – juste au sud du Yalu. J'appris comment des politiques fous à lier étaient capables de transformer des hommes en créatures méprisables qui se haïssaient elles-mêmes et qui allaient vivre le restant de leur existence avec la culpabilité de Juda. Je passai six semaines dans un trou répugnant sous une grille d'égout avec pour seule gamelle un casque de G.I. croûté, jusqu'à ce que je sois le huitième des onze hommes de notre cahute à moucharder une tentative d'évasion. Mais parfois, tandis que je gisais au fond de mon trou à regarder tourner les nuages dans le ciel au travers des carrés de fer, il m'arrivait de penser à Jace, à Willard et aux puritains en train d'enfoncer leurs cognées dans le bois. Puis, au même instant, entre ma vision et la sensation d'écrasement des murs de terre au-dessus de moi, entre la lumière mouvante et le poids des pierres à sorcières sur ma poitrine, je savais que j'allais un jour raboter et chanfreiner le bois et que je bâtirais des églises. J'en bâtirais une chez moi, à Yoakum, à Goliad, à Gonzales et San Antonio, partout où se trouvaient des pins, des peupliers cotonneux et des chênes d'eau à abattre. Puis je voyais le ciel reprendre sa place, pareil à un cliché photographique, et les nuages de neige changer de forme, doux et poreux comme une eucharistie.

Quand vient le jour des médailles

Malgré l'obscurité et l'enchevêtrement des micocouliers, il continuait à voir les rougeurs d'Atlanta brûlant le ciel, pareilles à un éclair de chaleur écarlate qui tremble avant de disparaître aux limites de l'horizon. Il n'avait pas cru qu'une ville bâtie de pierre, de mortier, de grilles de fer en volutes pût brûler (ou que rien d'aussi vaste et aussi farouchement déterminé à résister à la défaite ou à l'occupation pût s'avérer vulnérable face à une armée qui apportait la guerre à des gens sans défense et armait les Nègres afin qu'ils tirent sur les Blancs). Mais cet après-midi-là, lorsqu'ils avaient enlisé le chariot du canon dans le fond d'un bourbier et que le lieutenant avait obligé, revolver au poing, les deux bagnards libérés à pousser les roues, il avait entendu exploser l'armurerie située près du dépôt de chemin de fer, en un rugissement effroyable qui avait fendu le ciel bleu et dur, pareil à une peau furieuse arrachée à la surface de la terre, et avant même de pouvoir seulement lâcher les rayons de la roue qu'il avait entre les mains, ou senti le poids du canon revenir s'écraser contre le fond du trou boueux, voire reculé d'un bond en laissant là ses propres préoccupations, cette douleur qu'il avait au dos et les abeilles avides de sueur qui s'agglutinaient autour de sa tête sous cette chaleur, il percevait déjà les premiers tremblements rouler dans le sol sous ses pieds comme un morceau de tonnerre déplacé. Il avait vu le geyser de poussière et de poudre de brique se lever dans les airs au-dessus de la grande ville avant de s'aplatir et disparaître dans le vent, puis il y eut une seconde explosion, étouffée celle-ci, comme un grondement contenu qui vint rider l'eau noire stagnant au fond du bourbier, et il devina que l'artillerie de Sherman avait touché l'une des caches à poudre qu'ils avaient enterrées hier sur Peachtree Creek.

Sous le clair de lune, la fumée s'étirait maintenant dans les arbres et s'accrochait dans les creux peu profonds ; le canon et son chariot, maculés de boue séchée, grinçaient dans le sol mou de la forêt derrière les deux mules. Le lieutenant n'avait accordé qu'une seule pause depuis qu'ils s'étaient dégagés du bourbier à grand renfort de fouet sur le dos des mules, et l'uniforme du jeune garçon, d'un brun jaunâtre passé par le soleil, était lourd de transpiration. Le poids de son fusil Springfield, qu'il tenait au creux du bras, canon vers l'arrière, lui cisaillait l'omoplate comme une sourde migraine. Il avait les traits tirés sous le clair de lune et ses longs cheveux blonds se hérissaient en mèches moites sous sa casquette grise. Il portait une fine cicatrice d'un brun rougeâtre sous l'œil, pareille à une brûlure, là où une balle Minié avait effleuré son visage à Kennesaw Mountain (où, pour la première et unique fois, il avait vu des Nègres en uniforme yankee sortir du brouillard, s'agenouiller en ligne dépenaillée et tirer sur lui – vision tellement incroyable à ses yeux au milieu des tourbillons de brume sous le hurlement des grappes de raisin et des boîtes à mitraille qu'il en baissa son fusil pour y regarder à deux fois jusqu'à ce que la balle Minié vînt lui frotter le visage comme un doigt brûlant).

Le lieutenant se baissa sous une branche de micocoulier et fit pivoter son cheval en cercle, et automatiquement la colonne, mules comprises, s'arrêta. Ils pouvaient voir, en bordure de la forêt, une route d'argile jaune sous le clair de lune, et, dans le lointain, le paysage s'ouvrait en pâturages verts et vallonnés, barrières de meules de foin, bouquets de chênes et champs de coton non labourés. Le lieutenant se dressa sur ses étriers, ôta son chapeau avachi et remonta ses longs cheveux mouillés de ses doigts en peigne sur l'arrière de la tête.

– On se repose ici, les gars, ensuite on va obliquer près de cette église là-bas et pénétrer en Alabama, dit-il.

– Vous voulez qu'on enlève les harnais aux mules, monsieur ? dit le sergent.

Le reste de la troupe resta immobile et regarda l'officier placer en bouche, au fond de sa mâchoire, un morceau de tabac à chiquer bien dur.

– Laissez-les comme elles sont, dit-il.

– Est-ce qu'on fait des feux, lieutenant ? dit le sergent.

– Il va falloir mâcher ça froid ce soir, sergent.

Les soldats appuyèrent leurs fusils contre les branches d'arbres et s'affalèrent, en positions maladroites ou à plat sur le sol, les genoux remontés, le visage vers l'avant, ployé par leur propre épuisement, la musette de biscuits moisis et de maïs séché gisant comme un poids obscène entre leurs cuisses. La sueur et la chaleur de leurs uniformes montaient en vapeur dans l'air, et leurs visages mal rasés, leurs cheveux mal taillés, leur donnaient l'allure de cadavres négligés ou d'épouvantails effondrés sous une lune de fureur, blanche comme un fanon de baleine.

Le jeune garçon, Wesley Buford, avait seize ans ; il restait l'un des rares membres de la garde civile de Caroline du Sud à n'avoir pas été tué ou capturé à Kennesaw Mountain et éprouvait, à l'égard de l'officier, la même colère tranquille que les autres hommes, non seulement pour les muscles qu'il sentait trembler à l'arrière de ses cuisses et le morceau de biscuit mort qu'il avait dans sa bouche, mais du simple fait que la naissance pût garantir à un homme un cheval, un sabre, une arme de poing anglaise et ancienne au côté, et une distance infranchissable dans son droit indiscuté à disposer de la vie d'autres hommes, même pendant les dernières semaines de la défaite d'un pays. Le sergent, lui aussi originaire de Caroline du Sud (un bûcheron trapu et dur, avec un œil décoloré pareil à un jaune d'œuf brisé et un pouce sectionné au ras de la paume) était le seul à s'adresser directement au lieutenant, encore ne s'agissait-il alors que de relayer le prochain ordre. Il arrivait parfois aux autres hommes engagés, paysans sans terres aux visages brûlés, de transpercer l'officier de leurs regards durs lorsqu'il avait le dos tourné, mais jamais leurs yeux ne croisaient les siens, et leurs conversations cessaient immédiatement dès qu'il se postait, rênes tendues, mors tiré, cisaillant la gueule de sa monture, attendant que la colonne passe devant lui.

Et puis il y avait deux bagnards, libérés de la prison municipale, juste avant la percée de Sherman au nord de Peachtree Creek ; ils portaient toujours leurs maillots de coton à rayures blanches et noires et les pantalons bleus qu'ils avaient récupérés sur les cadavres de deux soldats de l'Union. Ils avaient été grâciés, en moins d'une minute, par un juge de paix, lors d'une séance de pardon collectif pour soixante-quinze condamnés qui avaient tous levé la main dans l'obscurité d'un bloc de cellules et affirmé qu'ils défendraient la Confédération, la Cause sacrée et Jefferson Davis : deux heures plus tard, ils avaient essayé de déserter. Ils avaient les dents noires, pourries jusqu'à la gencive de trop de tabac chiqué, la peau d'un jaune maladif après des mois passés dans une cellule obscure, les yeux chassieux, plein d'un mélange vicieux, de haine à l'égard de l'officier et du sergent, et de mépris pour les hommes engagés, assez stupides à leurs yeux de se battre dans une guerre qui avait déjà été perdue.

Le plus grand des deux termina ses biscuits, dont les miettes desséchées lui sortaient encore de la bouche, et ôta le bouchon de bois de son bidon. Sa casquette grise trop serrée creusait une marque profonde dans ses cheveux mouillés. Il cogna de sa botte le pied du garçon.

– Hé, file-moi un bout de tabac, dit-il.

– J'en ai point, dit le garçon, Wesley Buford.

– C'est quoi qui dépasse de ta poche ?

– J'en ai point pour toi.

– Ben nom de Dieu, Merle. Écoute-moi celui-là.

Merle, le second détenu, ravala sa morve et cracha entre ses cuisses.

– Je l'écoutais justement, sur son canon, dit-il. "Poussez les rayons. Fouettez les mules." J'ai cru un moment que j'avais rejoint l'armée des Négros.

– Pour sûr, dit le plus grand. Z'y donnent un Springfield yankee. Ça donne envie de donner des ordres.

Les yeux du garçon surveillaient les deux hommes avec cette prudence qui lui venait maintenant d'instinct, de pair avec une grande justesse dans le jugement, après deux mois passés dans l'infanterie.

– Je vous ai point donné d'ordres. Vous poussiez même pas la roue, dit-il.

– Oui, monsieur, voilà ce qu'on se récupère. Un soldat qui a la manière et qui sait comment faire, dit le grand détenu. Et tu fais quoi si je tends la main et que je te prends ce tabac ?

La main du garçon remonta sur le fût de son arme. Son pouce calleux frôla le lourd percuteur sur la culasse de chargement.

– Tu vas quand même pas armer ça sur nous, dit Merle, le second détenu. On a mis le signe indien sur toi, gamin. T'es en notre pouvoir. Demain, tu te coltineras nos paquetages.

– Exact, dit le second. Quand y'a les mules qui chient, tu leur torches le cul. Et quand je me retourne, je veux te voir m'apporter mon bidon d'eau.

– Viens avec moi, Buford.

C'était la voix du sergent. Il se tenait dans l'obscurité derrière les deux bagnards, un ciré de toile huilée drapé sur les épaules. Son œil malade ressemblait à un morceau d'écaille de poisson luisant au clair de lune. Le détenu de grande taille sortit de sa poche une feuille de tabac roulée et sèche et en coupa une épaisse tranche entre pouce et lame de couteau.

Wesley marchait en silence en compagnie du sergent au milieu des branches humides de micocouliers jusqu'à la grande clairière, où le canon était installé, fût redressé, dans la boue. Le baquet de graisse et sa brosse, destinés à lubrifier les moyeux de roue, étaient suspendus à l'axe du chariot par un fil de fer.

– J'allais m'en occuper après avoir mangé, dit Wesley.

– Je me fais pas de souci pour le canon. On va probablement se retrouver tous dans un camp de prisonniers avant qu'il tire son prochain boulet, dit le sergent. Et sois prudent avec ces deux taulards. Y te couperaient la gorge pour te prendre tes biscuits, et la moitié de ces hommes, y feraient rien du tout pour les en empêcher.

– Qu'est-ce que vous voulez dire, un camp de prisonniers ? Le lieutenant, il a dit comme ça qu'y avait pus de Fédéraux au sud d'Atlanta et qu'y nous faut 'core un jour et on sera en Alabama.

– Tu m'écoutes donc pas.

Rien qu'un bref instant, le garçon sentit l'odeur âcre de whiskey de maïs sur l'haleine du sergent.

– T'as pas ti besoin de t'faire tuer dans c'te guerre. Débrouille-toi pour rester en vie 'core queq' jours et tu pourras repartir rejoindre ta famille. Tu sais donc ti pas ça, gamin ? On a été battus ?

– On leur a mis la pâtée à chaque fois jusqu'à Kennesaw. On...

– Demain, tu marches en tête avec moi. Je veux pas te voir près de ces taulards. Et maintenant, au boulot : je veux que ces moyeux, y glissent comme si t'avais craché dessus.

Le garçon appuya son Springfield contre le tube du canon ; il ôta sa chemise, et rampa sous l'affût pour détacher le baquet à graisse du fil de fer. Une ligne de peau cuite par le soleil cerclait son cou, et son échine comme ses côtes ressortaient, pâles et dures contre sa peau lorsqu'il se pencha sur les moyeux des roues, la brosse à graisse à la main. Il entendit le souffle profond du sergent derrière lui, puis le bruit du bouchon de bois qu'on enlevait du bidon et une fois encore l'odeur rance de l'alcool de maïs sorti trop vite de l'alambic.

Un peu plus tard, il étendit son ciré de toile huilée sur un bout de terre sèche à l'abri d'un surplomb au bord de la clairière et dormit, la chemise sur le visage. Tandis qu'il entamait la succession d'étapes qu'il lui fallait toujours franchir pour trouver le sommeil avant d'atteindre à ce moment d'inconscience bleu-noir qui précédait juste l'aube ou le bruit du chien d'un fusil qu'armait une sentinelle, il entendit d'abord le toussotement lointain du tonnerre au sortir d'une pinède et d'un ciel jaune où il n'aurait pas dû y avoir de tonnerre, sous la fumée qui se levait en brume noire au-dessus de la lisière des arbres, puis le hurlement d'un Whistling Dick [1]

1. Boulet de canon de gros calibre qui sifflait dans les airs. *(N.d.T.)*

déchirant l'air de ses bords de métal émoussés en plein dans le milieu de leur ligne. La terre explosa et jaillit de la tranchée, et les rebords jaunis d'un énorme cratère se trouvèrent jonchés de mousquets, de roues de canon, de musettes et de débris d'hommes. Puis il entendit la cavalerie sur le flanc rompre en direction de la forêt, sabres au clair luisant au soleil, et il sut que les Fédéraux allaient se trouver engagés, assez longtemps pour leur permettre de se retirer et de se regrouper hors de portée de leur artillerie.

Le dernier niveau de son sommeil ne durait habituellement guère et il ne lui venait qu'après le crachotement de balles de pistolets et de fusils qui lui assurait que la cavalerie confédérée avait momentanément tenu les Fédéraux en échec, mais cette fois-ci, il était de retour à la scierie de son père en Caroline du Sud, en bordure d'un marécage noir, et lui et son frère tractaient des troncs d'arbres à bout de chaînes sur un bassin sableux jusqu'à un chariot de transport. Il sentait le marais, ses relents fétides d'eau stagnante, les sables mouvants, des lépidostées morts sur les berges et les champignons qui éclataient en fleurs épanouies sur les troncs d'arbres pourrissants. Le soleil perçait le couvert d'arbres de lumière verte qui se brisait à la surface des eaux en reflets jaunâtres et ternis, et il voyait crapauds-buffles géants et alligators figés dans le courant mort comme des morceaux de pierre brune et sombre. Son frère Cole était torse nu, et la sueur dégoulinait en rigoles sur ses épaules semées de taches de rousseur et son dos sali de poussière. Son visage luisait, rougi par l'effort, et sa chique de tabac vidée de tout son jus faisait une boule dure contre sa joue ; lorsqu'il redoubla sur son poing blond les rênes des mules avant de les faire claquer d'un coup sec, les bêtes s'arc-boutèrent dans leurs harnais et tirèrent les rondins chaînés par-dessus la butte de la berge dans une averse de sable. Il avait le don de parler aux mules comme seuls les Nègres savaient le faire, et il était capable de vous abattre et de vous raboter un arbre mieux que quiconque à la scierie (ses mains carrées donnaient parfois l'impression d'avoir été taillées et mises en forme pour frapper, avec la souplesse et l'élasticité nécessaire, la cognée dans le bois). Il libéra les mules et avança dans les hauts-fonds pour y récupérer la pastèque à peau bigarrée qu'il avait laissée à rafraîchir là et la marmite de lapin frit qui constituait son dîner. Son visage emperlé de sueur rayonnait de plaisir lorsqu'il fracassa la pastèque mûre contre un rocher en une explosion d'un rouge écarlate de pulpe et de graines avant de plonger ses doigts épais dans la chair du fruit.

– Papa veut pas qu'on arrête si tôt, dit Wesley.

– On est samedi après-midi, pas vrai ? Toi et moi, on va en ville, et quand on se sera payé quelques bonnes bières, je t'emmène chez Billy Sue. Descends donc jusqu'ici, gamin, et mange. Parce que moi, je vais pas t'attendre.

Wesley regarda Wesley, ses yeux verts pleins de bonheur, la bouche barbouillée de jus de pastèque, et il comprit alors que jamais ils ne mourraient, lui et son frère.

La fausse aurore avait déjà touché l'horizon à l'est au-delà de la forêt et remplissait les arbres d'une lumière verte et fumée lorsque le sergent le toucha à l'épaule de la pointe de sa botte. Il sentit l'odeur du lard et de biscuits en train de cuire dans le jus de viande au-dessus d'un feu de brindilles humides, et après que son rêve eut repris sa juste place bien privée à l'intérieur de lui, il aperçut les deux bagnards blottis près du feu, leur gamelle à la main, les mules qui occupaient toujours leur même position, une patte en repos devant l'affût du canon, et la longue route d'argile qui s'étirait en méandres au travers des arbres et des champs encore indistincts, pour rejoindre une petite église aux murs blanchis à la chaux, bâtisse fragile de planches avec cour d'où se levait la brume. Il se redressa sur son vêtement de pluie et la regarda à nouveau, pour s'en trouver tracassé de la même manière que les taulards l'avaient tracassé le jour où ils avaient rejoint la colonne.

– Remplis ta gamelle, tu la mangeras plus tard, dit le sergent.

Son œil intact était rouge et mouillé de larmes, et ses paroles sortaient du plus profond de sa gorge.

– Est-ce que ça pose un problème si je mange avec tous les autres ?

– Fais juste ce que je te dis. Le lieutenant veut nous voir partir en éclaireurs, avec huit cents mètres d'avance sur le reste de la colonne. Y'a deux Français de Louisiane qui sont passés la nuit dernière : ils nous ont dit que les Yankees nous ont contournés. Ils sont derrière nous. La merde pourrait bien se mettre à voler à pleins tonneaux s'ils nous attrapent à découvert.

Wesley s'avança vers le feu et s'accroupit dans la fumée pendant que le cuistot, un vieil homme au pantalon partiellement boutonné, versait un mélange d'eau chaude, de maïs bouilli et de miel dans sa gamelle. Le garçon aspira une gorgée du bord brûlant de sa gamelle et regarda au milieu des arbres la longue route d'argile et le bâtiment blanc de l'église.

– Prends-toi un peu de viande et de biscuit. Y'aura pus rien à manger de chaud de la journée, dit le vieil homme.

– J'ai pas faim.

– Y'aime pas à manger avec des mecs comme nous z'aut', dit l'un des taulards.

– Ne venez pas vous mettre devant moi aujourd'hui, dit Wesley.

Il ramassa son Springfield, le mit à l'épaule et s'enfonça dans la brume en compagnie du sergent, sous les regards vides des deux taulards qui le suivaient des yeux.

Les nuages bas sur l'horizon à l'est avaient maintenant viré au rose sous les premiers rayons du soleil ardent, et le disque blanc de la lune perdait de son éclat comme si une main invisible le tirait dans les profondeurs bleues du jour. Des buses flottaient au-dessus des champs mouillés, et quelque part derrière l'église, il entendait hurler un chien, d'un aboiement hideux, qui ne cessait pas une seconde, soutenu par sa propre violation de l'air tranquille. Wesley ouvrit la culasse de son fusil, la reclaqua et tira le chien en position intermédiaire.

– Va pas commencer à voir des Fédéraux quand y'en a pas, dit le sergent. T'en fait péter qu'une seule, et la troupe qu'on a laissée derrière aura tellement la trouille qu'elle va faire cracher ses foutues balles Minié sur toute la route.

– Regardez-y donc à ces traces de roues. Y'a pas un chariot qui a fait des ornières comme ça.

Le sergent regarda de son œil mouillé l'argile et ses lourdes ravines aux bords arrondis. Inconsciemment, il déplaça l'étui à cartouches à son ceinturon de sa position latérale pour l'amener au milieu du ventre.

– Z'êtes presque aveugle, bon sang, pas vrai ? dit Wesley.

– Ch'suis juste aveugle à cause de ce qui est sorti de mon bidon la nuit dernière. Surveille donc un peu la lisière de ces bois là-bas plus loin et va pas pendant ce temps te faire sauter les doigts de pied.

– Et qu'est-ce qu'on doit faire si on se fait accrocher par ici, hein ? Y'a même pas un trou assez grand pour cacher un hérisson.

– C'est exactement d'ça qu'y s'agit, fils.

– Comment ça se fait que le lieutenant, y vient jamais en tête sauf quand on est dans les bois ? dit-il avec colère.

Instantanément, il se sentit stupide d'avoir posé la question, mais la peur avait déjà commencé à croître et à s'accélérer autour de son cœur, tandis qu'ils approchaient de l'église, et à la vue des lignes blanches du bâtiment qui tranchaient sur les champs verts en arrière-plan, la peau se tendit serrée sur les méplats de son visage.

– Tu ne l'as pas vu quand on a décroché à Kennesaw. Il donnait peut-être l'impression d'être né avec déjà dans le cul le doigt rose d'une grosse nounou, mais il est descendu à flanc de colline, en traînant un cheval qui perdait sa tripaille, chargé de deux blessés alors que toute la ligne l'avait bien laissé en plan. J'l'ai vue, sa tunique, elle a rebondi, par deux fois, quand une balle Minié l'a transpercée de part en part, et lui, y ne s'est même pas retourné. Son visage a pas bougé.

Le sergent avançait trop vite maintenant, les jointures de la main toutes blanches à serrer le chien et le pontet de sa carabine. Il suçota l'intérieur de ses joues pour y retrouver un peu de salive avant de cracher un mince filet de jus de chique devant lui.

– T'en fais pas pour ce qui est de le voir en flèche. Y'a qu'un seul problème : il est du genre pas décrocheur, et ça, ça va nous coller dans la panade dans les jours qui viennent.

Wesley ne quittait pas l'église des yeux lorsque son cœur fit un déclic dans sa poitrine.

– Y'a quelque chose qui a bougé dans la fenêtre, dit-il dans un souffle, gorge serrée.

– Continue à avancer.

– J'l'ai vu. Ch'savais ben qu'y avait des Fédéraux là-dedans.

– Laisse-moi ton foutu fusil là où il est.

Le sergent parla à voix basse, le visage tendu vers l'avant.

– C'est probablement des francs-tireurs et ils vont nous laisser passer pour se payer la colonne. Quand on arrive à la bâtisse, on fait le tour et on leur arrive par-derrière.

– Y vont nous tailler en pièces avant, au beau milieu de la route.

– Tu te la fermes, t'entends ?

Le garçon sentit son visage se vider de tout son sang, la sueur se mit à dégouliner de ses cheveux en lui coulant dans le cou à l'intérieur du col. Son cœur battait à tic-tac rapides, cliquetant comme une mauvaise montre, sa poitrine se gonfla comme si l'air humide s'était vidé de son oxygène. Il regretta de n'avoir pas sorti quelques balles de sa boîte à cartouches pour les mettre dans son ceinturon, parce que la demi-seconde qu'il y gagnerait à recharger pourrait obliger les Yankees à garder la position, collés au sol dans l'église, en lui laissant la possibilité de gagner les bois. Il voulait essuyer la sueur de ses yeux, mais ses mains étaient de bois, engourdies, verrouillées à son fusil et il savait qu'au moindre écart, à la moindre irrégularité de sa démarche, une tornade grise de balles Minié les clouerait lui et le sergent sur place, en les déchiquetant comme deux tas de chiffons.

– 'Core trente mètres, fils, et ensuite, on leur tombe sur le cul, dit le sergent.

Les filets de tabac à chiquer faisaient comme des brûlures desséchées sur ses lèvres.

Wesley regarda le vert sombre des pins, la brume qui se levait, brûlée par le soleil. Puis, dans le temps qu'il fallut à ses yeux pour se mettre à palpiter comme un cœur battant, lourds du savoir qu'il était trop tard, qu'ils se trouvaient pris à jamais au milieu de cette pièce de terre à labour délavée par les pluies entre deux carrés de bois épais, une fenêtre de l'église se remplit soudain d'un homme et du long canon de son fusil passé à la va-vite en appui contre l'huisserie.

Wesley fit pivoter le Springfield vers la fenêtre et tira avant même que la crosse eût touché son épaule. Le visage de l'homme s'aplatit en tourte ovale figée d'incrédulité, l'arrière de sa tête explosa dans les airs au milieu de l'embrasure, et son fusil pendula une fois sur le rebord de fenêtre avant de basculer au sol. Du plat de la main, Wesley dégagea la douille ventrue de la culasse et enfila une nouvelle cartouche dans la chambre. Toutes les fenêtres de l'église explosèrent de nuages de fumée sale, la carabine du sergent fit feu tout près de son oreille, et il tourna sa mire vers un officier, armé d'un revolver, qui tirait sans désemparer depuis l'entrebâillement sombre du portail d'entrée. Sa balle déchiqueta le bord de l'huisserie en volées d'échardes blanches, il vit l'officier porter les mains à son visage comme s'il venait d'être ébouillanté, puis il se lança au pas de course aux côtés du sergent sur la route d'argile en direction des micocouliers et du canon que le lieutenant mettait déjà en batterie. Wesley ôta lanière de musette et ficelle de bidon de son épaule et essaya de sortir une nouvelle cartouche de sa boîte sans renverser le reste. Il entendit une Minié miauler derrière lui, puis deux autres encore qui firent vibrer l'air avec un bruit de caisse claire tout près de sa tête.

– N'avance pas en ligne droite ! Y vont te toucher à coup sûr ! hurla le sergent.

Les hommes occupés à bourrer le sac de poudre dans la gueule du canon ressemblaient à des homoncules miniatures à cette distance, le geste raide et étouffé par les vibrations de chaleur. Le lieutenant remontait la hausse à manivelle de l'affût et Wesley aperçut alors l'un des taulards qui traînait un lourd baquet jusqu'à l'avant du canon avant de suspendre l'anse à l'embouchure.

– Nom de Dieu, ils chargent à grappes de raisin.

– La ferme. Contente-toi de te coller au sol en même temps que moi.

– Ils n'atteindront jamais l'église avec de la grappe. Ils vont nous mettre en miettes.

– Observe le bras du lieutenant.

Le taulard termina de charger les billes de fer qu'il sortait à pleines poignées du baquet, un soldat bourra le canon d'un coup d'écouvillon, et le lieutenant leva la main bien haut au-dessus de la tête et la tint là plusieurs secondes.

– Enterre-moi ta quéquette, dit le sergent.

Ils plongèrent en avant, coudes au sol au beau milieu de la route. Wesley serra les poings, enveloppant la tête de ses bras à l'instant précis où le canon se mettait à gronder dans un rugissement de fumée noire en se dressant sur son affût sous le recul. Il sentit le sol vibrer sous son bas-ventre, et le large éventail de mitraille passa au-dessus de leurs têtes, aspiré par les airs dans un hurlement qui s'en allait décroissant. Le silence dura moins d'une seconde, puis il entendit les billes de métal qui pleuvaient sur l'église, pareilles à des douzaines de marteaux claquant sur le bois. Il se retourna et vit les murs couverts de petits trous noirs, les briques de la cheminée réduites en débris poudreux éparpillées sur le toit, et un mince panache de fumée qui s'élevait de l'un des avant-toits.

– Y devait y avoir des billes encore au rouge dans le lot, dit Wesley.

– Remue-toi le train, fiston. On est pas arrivés.

Ils se remirent à courir, mais cette fois, Wesley savait qu'une aura magique les protégeait, les Yankees qui continuaient à tirer étaient incapables de placer leurs Minié à moins de quelques mètres. La culasse et le canon de son Springfield étaient maculés de boue, il avait perdu sa musette, son bidon, sa baïonnette et la moitié de ses cartouches sur la route, mais les arbres n'étaient qu'à cinquante mètres, et le soldat lavait déjà le tube du canon à l'eau à grands coups d'écouvillon pour pouvoir le bourrer à nouveau d'un sac de poudre. Le reste des hommes s'était placé en ligne brisée sous le couvert des arbres et leurs uniformes d'un jaune sale se confondaient presque avec les troncs dans les profondeurs de la pénombre des sous-bois. Chaque fois qu'un fusil venait battre les feuilles sous le recul, il entendait la balle de plomb qui s'écrasait l'instant d'après sur le pignon de l'église.

C'est alors qu'il vit le sergent, sa carabine volant dans les airs, trébucher vers l'avant, muscles du visage affaissés, bouche béante, mâchoire pendante, et ses jambes toujours courant cédèrent sous lui comme si tous les os venaient d'en être ôtés. Puis il s'assit, tout simplement. La Minié était presque à bout de course lorsqu'elle était venue s'enchâsser à la base de son crâne, et sa bille de plomb faisait saillie sur la chair fière comme une excroissance de peau grisâtre.

– Laissez-le tomber et courez vers le canon !

C'était le lieutenant qui hurlait au-dessus du feu des fusils. Puis l'instant suivant, après que le canon eut grondé à nouveau, le noyant sous sa chaleur :

– Vous êtes sourd, soldat ! Il est mort.

*
**

La bataille dura toute la matinée jusqu'à ce que les Fédéraux soient forcés d'abandonner le brasier de l'église et de fuir à découvert au milieu des champs jusqu'aux bois qui leur faisaient face. Mais par la suite, Wesley n'eut guère de souvenir en séquence ordonnée des événements de la journée. Lui en étaient restés la soif, abominable, le soleil blanc, bouillonnant au sortir d'un ciel sans nuages, les grosses mouches à viande vertes, en train de bourdonner au-dessus du cadavre du sergent, la fumée âcre qui flottait entre les arbres et vous brûlaient les poumons, les blessés qu'on emportait au plus profond des bois et qui laissaient derrière eux leurs épaisses gouttes écarlates sur les feuilles mortes. Le seul détail à lui rester gravé dans le temps, pareil à l'horloge qui tinte soudain, sans prévenir, la douzième heure, était le toit de l'église qui avait éclaté en poches de flammes. Il avait arrêté de tirer pour contempler les bardeaux de bois s'ourler et claquer sous la chaleur tandis que de grands trous béants s'ouvraient dans la toiture en projetant vers le ciel des gerbes d'étincelles. Les flammes jaillirent des fenêtres pour se mettre à courir le long des flancs de la bâtisse et l'instant d'après, les Fédéraux étaient au beau milieu d'un champ laissé en friche, abandonnant leurs armes, boitant bas pour les uns, s'accrochant au voisin pour les autres, en quelque danse folle et risible en direction des arbres. Ils s'affalèrent en silence comme des marionnettes en bois articulé dans le lointain, et Wesley rechargea, une nouvelle fois, avec, à la tête, cette même bouffée abominable de sang et de victoire que possédaient en partage tous ceux occupés à tirer à ses côtés.

Ils enterrèrent dans les bois le sergent et trois soldats engagés, dégagèrent le canon de son chariot, enfoncèrent un ciseau à froid dans la lumière d'allumage et, à l'aide de branches et de couvertures posées sur l'affût mis à nu, en firent une litière pour les deux blessés incapables de marcher. L'un des hommes avait les deux mâchoires transpercées par une balle. On lui avait noué une chemise grise et sale autour de la bouche pour maintenir menton et dents en place. Le vieux cuisinier avait été touché à l'estomac tandis qu'il versait de l'eau dans le tube du canon, et le pansement qu'il serrait contre le trou noir et boursouflé lui engluait déjà les doigts. Ils traversèrent les champs en laissant derrière eux les fondations de brique calcinée de l'église et les cadavres des Fédéraux qui avaient commencé à se bouffir sous la chaleur, et Wesley fut obligé de détourner la tête lorsqu'il vit que les pies picoraient les plaies croûtées comme des poulets à la recherche d'un grain de maïs. Les deux taulards commencèrent à avancer en bordure des champs lorsqu'ils virent les premiers morts ; ils ralentirent l'allure et laissèrent la colonne les dépasser. Le lieutenant fit pivoter son cheval en demi-cercle et dégagea l'attache de cuir qui tenait le chien de son pistolet.

– Je veux que vous marchiez tous les deux devant les mules.

– Ils ont des munitions, lieutenant. L'officier qu'y a là-bas, il a probablement un Colt.

– Retournez sur la route ou je vous abats sur place.

Les maillots de coton sale des prisonniers leur collaient à la poitrine. Ils levèrent les yeux sur le lieutenant, plissant les paupières face au soleil, le visage émacié luisant de sueur, avant de rejoindre la route devant eux.

Les quelques instants qu'avait duré l'arrêt de la colonne, Wesley s'était attaché à regarder les autres membres de la troupe plutôt que les taulards, et il avait senti intuitivement, de la même manière qu'il aurait été sensible à l'éclair caché venu soudain illuminer un regard d'homme, le souhait amer qui était le leur, tous autant qu'ils étaient, de voir les détenus pousser la troupe en bordure du champ. Ce n'était rien qu'il pût très clairement analyser en son for intérieur, mais bien plutôt le sentiment diffus qu'un élément collectif ne cadrait pas avec l'instant choisi, comme déplacé en ce lieu, cette route d'argile jaune entre deux champs fumant de vapeur : l'immobilité de l'homme devant lui, l'épaisse chique de tabac figée dans sa joue, le silence dans la colonne, et le fait que nul n'eût détaché son bidon, ou peut-être encore l'odeur de tous ces corps, et la sueur qui dégoulinait dans les cous maintenant qu'ils étaient arrêtés. Oui, c'était bien ça, se dit-il. *Ils s'étaient arrêtés.* Ils se trouvaient à découvert, là où ils feraient de bien belles cibles une fois encore si des renforts de Fédéraux étaient remontés à travers bois, et ils n'avaient plus leur canon, et ils transportaient des blessés, mais pas un visage n'avait seulement tressailli ou tremblé à l'éventualité qu'une ligne de francs-tireurs pût déjà se reconstituer en embuscade derrière le vert violent de cette bordure d'arbres.

Ils reprirent leur avancée sur la route, et l'homme sur la litière de l'affût à la bouche nouée d'une chemise se mit à mâchonner langue, salive et écume sanglante mêlées. Ils ne trouvèrent pas de Fédéraux dans les bois. Rien que trois enfants nègres, morts. Ils gisaient en rang parmi les feuilles, à croire qu'ils s'étaient endormis là, et les écorces des troncs de pins qui les entouraient étaient déchirées de traînées blanchâtres là où une pluie de grappes de raisin les avait touchées.

– Mais bon Dieu, qu'est-ce qu'y f'saient là ? Pourquoi qu'y z'étaient pas à la maison avec les leurs ? dit l'homme derrière Wesley.

Lequel avait déjà accéléré le pas et dépassé le lieutenant, qui essayait de tenir bien tendue la bride de sa monture en l'empêchant de faire un écart d'effroi qui l'aurait poussé dans les branches.

Ce soir-là, sous une lune cerclée d'un anneau de pluie dans le crépuscule vert, la brume commença à s'épaissir dans les bois, et les premières gouttes de pluie tombèrent en crépitant sur le couvert des hautes ramures en surplomb. Ils écorcèrent des perches coupées aux saules d'un lit de ruisseau, les plantèrent à l'oblique dans le sol, et accrochèrent leurs capes de pluie aux encoches entaillées en bout en en lestant les extrémités de pierres de manière à se fabriquer des auvents qui les tiendraient au sec. Le cuisinier, dont les intestins boursouflés débordaient du pansement qu'il tenait toujours serré sur son estomac, et l'homme aux mâchoires fracassées d'une balle furent placés sous l'affût du canon avec une toile goudronnée tendue sur les quatre roues. La figure du cuisinier brillait déjà de cette irisation que prennent les visages des morts, et il avait uriné à plusieurs reprises dans son pantalon. Le deuxième homme avait essayé de s'arracher les dents avec les doigts, et des fragments d'os avaient séché dans la croûte ensanglantée qui lui barrait la joue.

Wesley se servit de son Bowie, que son père lui avait offert quand il avait douze ans, pour dégager la base d'un gros roc calcaire des jeunes pins qui y poussaient et se fabriquer ainsi un abri aussi sec et confortable que tout ce que les Cherokees avaient pu bâtir en Caroline du Sud. Le poignard avait été forgé à partir d'une grosse râpe à bois, martelée, aiguisée et affûtée jusqu'à obtenir un tranchant bleuté, et il sectionnait les jeunes pousses sans effort d'un simple tomber du bras. Il transféra des aiguilles de pin sèches par poignées entières à l'intérieur de son abri, ôta sa chemise qu'il étendit bien à plat sur le lit d'aiguilles et plaça le canon de son Springfield en bordure du tissu. Il s'assit dans l'embouchure de sa caverne et mangea deux biscuits secs qu'il s'était gardés en réserve dans la poche, en regardant les troncs d'arbres mouvant aux flammes brillantes du feu près de l'affût du canon. La bruine avait commencé à dégoutter du feuillage surplombant et sifflait dans la résine de pin brûlante.

Au-delà du feu, le lieutenant était assis, accoudé à une petite table pliante installée sous l'auvent ouvert de sa tente. La lueur d'une chandelle qu'il avait collée à même la table jetait des ombres changeantes sur son beau visage pâle, tandis qu'il écrivait d'une main régulière à la plume d'oie sur une feuille de papier. Wesley le regarda de la même manière qu'il aurait regardé un être évoluant dans un monde étrange qu'il ne serait jamais à même de comprendre complètement, un monde qui se situerait au-dessus des luttes banales du commun des mortels. Il s'interrogea de savoir si le lieutenant avait, lui aussi, de son côté, eu l'intuition de ce moment électrique, là-bas, sur la route d'argile, ou s'il l'avait perçu clairement pour l'éliminer aussi vite, avec cette même indifférence qu'il avait affichée à l'égard des regards incendiaires des taulards lorsqu'il les avait menacés de son revolver. Il se demanda aussi si ces pages, qu'il remplissait inlassablement d'une main aisée de calligraphe, les soirs où ils étaient autorisés à faire du feu, contenaient quelque plan, quelque explication sur les kilomètres parcourus chaque jour, les tranchées creusées puis abandonnées, le grand mystère des mouvements d'une armée qui s'arrêtait pour reprendre sa marche au caprice d'un ordre.

Wesley aurait-il même lu ces lettres adressées à une épouse en Alabama, il n'en aurait pas compris la langue, comme si celle-ci appartenait à une vision d'un monde aux formes aussi claires, aussi éclatantes qu'une romance médiévale : « Nous avons perdu nombre des plus braves de nos jeunes soldats, que Dieu dans Sa grande merci ne manquera pas de récompenser pour leur sacrifice à notre cause. Sherman a incendié Atlanta et laissé fondre ses troupes sur une population innocente et sans protection pour se venger des batailles qu'elles avaient été incapables de gagner honorablement. Mais je ne pense pas que Lee se rende jamais à ces hommes et ouvre notre pays, notre terre, à l'occupation par les Fédéraux. Le ferait-il malgré tout que de nombreux contingents de notre armée se constituent d'ores et déjà au Texas pour continuer la guerre depuis le Mexique. Ce nonobstant, nous sommes fiers d'avoir combattu pour le Sud, et notre honneur ne s'est jamais vu entaché par un comportement inhumain ou des représailles contre ceux qui se sont montrés si cruels dans leur invasion de notre pays. Je prie seulement pour que vous

vous portiez bien et gardiez un esprit fort et résolu jusqu'à notre retour chez nous... »

Wesley vit le lieutenant poser la plume en bordure de sa lettre en se pinçant les paupières des doigts avant d'appeler un soldat dans l'embrasure de sa tente. Le soldat opina du chef, le dos barré d'ombres mouvantes à la lueur du feu de camp, puis se dirigea vers l'abri de Wesley. Il tenait à la main une assiette en fer-blanc vide et une cuillère en bois, et il n'appréciait guère d'avoir reçu un ordre avant d'avoir pu remplir sa gamelle du gruau qui cuisait sur le feu. Son manteau était taché des marques sombres des gouttes de pluie.

– Il veut te voir, dit-il.

– Pour quoi faire ?

– Y me rédige pas exactement des petits mots par écrit.

Wesley appuya le canon du Springfield contre un petit rocher à l'intérieur de son abri, enfila sa chemise et mit sa casquette. Comme il se dirigeait vers la tente du lieutenant, une rafale de vent secoua les hautes branches au-dessus des têtes et une averse de gouttes froides tomba sur la clairière. Le feu de camp n'était plus que cendres et braises, d'où montait l'odeur douceâtre de résine de pin dans la vapeur des gouttes de pluie. Quelques hommes entassaient pommes de pin et brindilles sous la marmite à gruau noircie pour faire repartir les flammes.

Il ne s'était jamais adressé directement au lieutenant par le passé, et il s'arrêta devant l'auvent ouvert de la tente, leurs deux visages caressés par la flamme de la chandelle tandis qu'un orage de chaleur roulait quelque part au loin, au-delà des bois.

– Combs a dit que vous vouliez me voir, monsieur.

Le lieutenant se pinça à nouveau les paupières, et Wesley remarqua pour la première fois combien ses doigts étaient longs et effilés.

– Oui. Tirez l'auvent et asseyez-vous.

En bout de table, une souche de pin faisait office de siège. Lorsque Wesley eut rabattu l'auvent et noué les fixations au poteau de la tente, il sentit la chaleur et la lumière dans cet espace soudainement confiné, à l'abri de la pluie qui crépitait sur la toile du toit.

– Savez-vous à quoi pensent tous ces hommes là-dehors, Buford ?

Il fut surpris d'apprendre que le lieutenant connaissait son nom, et plus encore de se voir poser cette question, mais il garda un visage impassible et son regard se plaça entre la flamme de la chandelle et le visage du lieutenant.

– Non, monsieur.

– Vous n'en avez aucune idée ?

– Je m'occupe pas des autres, lieutenant.

– Ils veulent abandonner. Ce soir, ils se voient tous comme l'un des hommes en train de mourir sous l'affût du canon. Ils ne sont pas encore prêts à parler de désertion entre eux, mais c'est l'affaire de quelques jours.

Les yeux de Wesley accrochèrent un instant le regard du lieutenant, avant de revenir sur la flamme de la chandelle.

– Vous le savez bien, n'est-ce pas ? Vous l'avez vu de vos yeux sur la route cet après-midi.

La souche de pin se fit sentir plus durement sous Wesley, et il se mit à transpirer sous sa chemise.

– J'ai pas fait du tout attention aux autres, monsieur. Je me faisais plus de soucis pour l'embuscade qui pouvait nous attendre une nouvelle fois dans les bois.

– Vous, mais pas les autres.

– Ça, c'est eux, lieutenant. C'est pas moi. J'ai déjà été touché.

Et il se sentit stupide d'ainsi faire état de la cicatrice ocre-rouge qu'il portait sous l'œil.

– Pourquoi avez-vous rejoint les rangs de l'armée ?

– Ils ont tué mon frère à Cold Harbor.

– Je vois.

Le lieutenant passa et repassa la lettre posée devant lui de l'ongle du pouce et y laissa une profonde marque sur le bord. Le tonnerre de chaleur gronda à nouveau d'un roulement étouffé au-delà des bois, et la pluie dégoulinante zébrait de marques sombres les flancs de la tente.

– Croyez-vous que nous ayons une chance de gagner cette guerre ?

– Peut-être qu'on va pas la gagner, mais Lee va pas non plus abandonner, jamais. On leur a collé à chaque fois la pâtée avec Hood jusqu'à ce que Johnston nous oblige à rompre et à prendre la fuite. Peut-être que si Hood était toujours général, on aurait...

Il vit l'attention commencer à faiblir dans le regard du lieutenant. Il pressa ses paumes moites sur ses cuisses et regarda les jeux d'ombres que projetait la chandelle sur la toile.

– Connaissiez-vous bien le sergent ?

– On avait fait la Caroline ensemble avant de nous joindre à vous à Kennesaw.

– Pensez-vous être capable de faire son travail si vous êtes promu caporal ?

– Pardon, monsieur ?

– Demain midi, nous devrions avoir rejoint l'hôpital de campagne en Alabama où nous pourrons laisser nos blessés. Ensuite nous sommes censés nous reformer sur la rivière Tallapoosa en compagnie de plusieurs milliers d'hommes tout aussi égarés que nous le sommes. Nous rencontrerons probablement d'ici là des francs-tireurs et des cavaliers envoyés en éclaireurs, et si Sherman a déplacé ses forces de flanc vers le sud, nous aurons le choix entre nous battre contre toute cette armée de grands gentilshommes ou nous rendre à elle.

Le lieutenant se frotta le coin de l'œil de deux doigts et Wesley vit qu'il avait le bord des paupières rouge.

– Monsieur, ch'serais bon à rien du tout pour ce qui est de donner des ordres. Y'en a des tas d'autres qui sont dans l'armée depuis bien plus longtemps que moi.

– C'est exact, et la plupart prendraient leurs jambes à leur cou si on les envoyait en éclaireurs.

– Je vais vous dire, mon lieutenant, c'est juste que ch'serais bon à rien pour ce boulot.

– Il y a un bayou au-devant de nous, à environ sept kilomètres d'ici, et logiquement, nous devrions trouver un pont de chemin de fer si les Fédéraux ne l'ont pas incendié. Je veux que vous preniez un homme avec vous et que vous partiez en éclaireurs avant l'aube pour nous y attendre. Si vous voyez des Fédéraux, ne tirez pas. Repliez-vous et venez nous rejoindre.

Wesley se voyait déjà au petit matin, sur la route d'argile avec la bâtisse blanche de l'église noyée de brume. Un instant, il crut sentir à nouveau l'odeur de la peur par tout le corps.

– À quelle distance voulez-vous qu'on marche ?

– Assez près pour entendre les coups de fusil.

– Bien, monsieur.

Il se passa le revers des doigts sur la bouche. Il éprouvait au fond de lui le sentiment de s'être en quelque sorte fait piéger, sans qu'il sût comment.

– Vous feriez bien de regagner votre abri pour la nuit.

Wesley se leva de sa souche de pin et commença à détacher l'auvent fixé au poteau de la tente.

– Combien de temps qu'y faudra qu'on garde les bagnards avec nous, mon lieutenant ?

– Jusqu'à ce que je puisse les remettre aux mains d'un prévôt. Bonne nuit.

Wesley regagna son abri sous la pluie. Le feu était réduit à quelques rougeurs de braise sous les bûches noircies, et les cendres blanches effritées se dentelaient de gouttes de pluie. À l'intérieur de son réduit, il s'étendit sur les aiguilles de pin, la casquette sous la tête, avant de tirer sa cape de pluie sur lui. Il se mit à songer au lendemain, puis arrêta là ses pensées en essayant de tenir un espace vide et clair au centre de son esprit. Il avait appris ça du sergent : ne jamais réfléchir à ce qu'il avait à faire le lendemain et ne plus jamais y penser par la suite. Un peu plus tard, tandis qu'il commençait à sombrer dans son premier sommeil, sous le bruit de la pluie qui tombait sur les petits pins sectionnés au-dessus de lui, il crut entendre le hurlement du cuistot, comme le visage meurtrier d'un homme qui serait soudain apparu à la fenêtre d'une église.

***

L'air était humide et gris entre les arbres lorsqu'il s'éveilla juste avant l'aurore. Les autres dormaient encore, leurs bottes boueuses dépassant des extrémités de leurs abris de toile. Il secoua l'eau tombée sur sa cape qu'il roula serrée avant de la nouer de deux sangles de cuir, puis il déverrouilla la culasse de son Springfield en en dégageant la cartouche humide qu'il remplaça par une nouvelle. Il avança jusqu'à l'auvent le plus proche et tira violemment l'homme couché là par la cheville.

– Bon Dieu, qu'est-ce qui t'arrive ?

Le visage mal rasé du soldat était lourd de sommeil dans la pénombre de son réduit. Sa couverture humide s'était entortillée autour de son cou.

– Le lieutenant veut que tu viennes en éclaireur avec moi aujourd'hui.

– Va te chier, Buford. Y m'a rien dit du tout hier soir.

– Tu peux toujours en discuter avec lui. Il est réveillé et il est sous sa tente.

– Eh merde !

– Prends-toi quelques biscuits dans le chariot. On va pas s'arrêter avant d'avoir rejoint le bayou qui est à sept kilomètres.

L'homme dégagea son corps de la couverture, mit sa casquette, et sortit en rampant de son abri, le fusil tenu au-dessus du sol devant lui.

– Tout ce que je peux dire, c'est qu'y a quelqu'un ici qui a le cul à la place de sa foutue tête, dit-il.

Il alla jusqu'au chariot où il commença à enfourner les biscuits dans sa musette par pleines poignées.

Wesley le regarda faire, puis tourna les yeux vers la tente obscure du lieutenant et s'étonna de voir à quel point il avait été facile d'être caporal après tout.

Ils s'éloignèrent sous le couvert des arbres, dans la brume qui flottait par bancs autour des troncs. Les bois luisaient des reflets sourds de la pluie tombée, et le sous-bois humide lui mouillait le pantalon. La terre molle portait les traces nettes d'un cerf, des déjections fraîches encore fumantes sur les aiguilles de pin, et les délicates petites empreintes à peine marquées d'une grouse venue s'alimenter là près d'une mare. Un peu plus loin, après que la pointe du soleil matinal eut percé l'horizon en envoyant sa lumière oblique à travers les crêtes d'arbres, il commença à découvrir de nouvelles marques au sol de la forêt : les lourdes empreintes des bottes des traînards, des emballages de cartouches éparpillés derrière une souche de chêne pourrie, un feu de camp éteint avec un pansement à demi consumé dans le foyer, et finalement, une piste bien délimitée de branches brisées là où une colonne avait dû s'engager.

– À t'n'avis, c'est des nôtres ? dit le soldat.

La visière de sa casquette était sur le côté, et ses cheveux noirs pendaient par-dessus ses oreilles.

– Quelqu'un s'est fait épingler derrière ce chêne, et il tirait pas sur les siens, dit Wesley.

– Ben moi, j'vais pas me faire tirer dessus en tombant sur un camp yankee. On se planque jusqu'à ce qu'y nous rattrapent, les autres. Merde, on sait même pas où qu'on est.

– Ça se dégage un peu plus loin. Si on voit quelque chose arriver là-bas, on peut se replier. Planque-toi ici, et y pourraient te tomber juste sur le cul.

Il n'y avait pas un souffle de brise dans les bois, et au fur et à mesure que le soleil montait dans le ciel, ils sentirent la chaleur qui s'accumulait dans les arbres dans l'odeur mouillée des aiguilles de pin. La sangle de la musette qu'il avait à l'épaule barrait la chemise de Wesley d'une large tache, et il dut éponger la sueur qu'il avait dans les yeux pour y voir plus clair dans cette lumière mouchetée d'ombre. Puis les bois commencèrent à s'éclaircir, le sol devint de plus en plus praticable, et il aperçut un éclair de pâturage vert brillant de soleil au loin. Apparurent des affleurements de calcaire couverts de lichen entre les arbres et, comme ils approchaient de la pâture, le vent se leva et ploya les branches au-dessus de leurs têtes.

Ils se reposèrent à l'abri du vent, contre un énorme bloc de rochers, et mangèrent biscuits et maïs sec pris dans la musette du soldat. Le regard de Wesley se porta sur le bayou d'argile rouge à l'autre bout du pâturage et le pont de chemin de fer miniature qui le franchissait, dont les rails brillants disparaissaient en courbe vers l'intérieur d'un autre bois. Une citerne d'eau trapue se dressait juste avant le pont, sous laquelle s'empilaient plusieurs brasses de bois de pin, mais elle n'était pas gardée.

– Regarde moi donc un peu toute la merde qu'y a dans ce champ ? dit le soldat.

La prairie, semée de fourrage au printemps, était défoncée de profondes ornières laissées là par des roues de chariot, le sol jonché de tout l'équipement d'une armée battant en retraite : bottes moisies, barriques de sel mouillé dont les douves avaient éclaté, barreaux brisés de roues de canon, vêtements et couvertures en train de pourrir, sacs de maïs desséché grouillant de limaces, licous, bidons écrasés, baquets de clous et de fers à chevaux tordus, et pansements jetés à bas d'un chariot de chirurgien.

Ils traversèrent la prairie et arrivèrent au pont de chemin de fer avant midi. Les piles étaient envahies de broussailles dans le courant lent d'eau rougeâtre, et les nageoires dorsales des lépidostées tournoyaient en cercles paresseux à l'ombre du pont. Les rails étaient en surplomb sur un ballast de terre et de cendres jaunes, et lorsqu'il s'appuya dans la pénombre contre le premier étançon du pont, il sentit le tremblement du train plus loin sur la voie. Il remonta le terre-plein en s'aidant de la crosse de son Springfield qu'il plantait dans les écailles de schiste instable, et le vit apparaître, engagé dans la courbe au sortir des bois, son long panache de fumée soufflé en nuage plat au-dessus des crêtes des wagons.

Wesley entendit le soldat à bout de souffle à ses côtés.

– C'est ben not' foutue chance, pas vrai ? Un train-hôpital, dit-il.

Les roues de la motrice se verrouillèrent à l'arrêt sous la citerne à eau, et un chauffeur nègre monta sur le toit pour tirer l'embout de fer-blanc en bonne place. Les fenêtres des wagons étaient ouvertes, et Wesley vit les blessés gisant dans leurs couchettes, alignées sur plusieurs niveaux. Leurs visages mal rasés avaient la couleur de la cendre sous cette chaleur, et en quelques minutes, de grosses mouches vertes bourdonnaient déjà autour des fenêtres.

– Tu sens ? dit le soldat.

– Tais-toi.

Le regard de Wesley s'était fixé sur le capitaine qui était sorti du dernier wagon et avançait vers eux. Il portait un insigne de chirurgien à sa veste et ses manches remontées étaient tachées de sang.

– Qu'y a-t-il devant nous, soldat ? dit-il, le regard rivé au loin, au-delà de Wesley.

– On a pas été plus loin que le pont, monsieur. On a des blessés derrière nous, et y sont sacrément touchés, si y a des places pour eux.

– Où se trouve votre officier commandant ?

Son regard restait posé sur quelque point lointain sur l'autre berge du bayou.

– Avec la colonne. Ils devraient sortir des arbres d'un moment à l'autre.

– Je lui donne jusqu'à ce qu'on en ait terminé avec le bois de chauffe. Les Yankees arrachent toutes les voies derrière nous. Si votre officier n'est pas là à notre départ, vous pouvez monter sur le toit d'un de nos wagons, ou bien attendre les Fédéraux.

Le capitaine fit demi-tour et commença à se diriger vers la dernière voiture du train.

– Monsieur, deux de nos blessés vont pas arriver jusqu'à cet hôpital de campagne si y'a encore loin à marcher, dit Wesley.

– Quel hôpital de campagne ?

– Celui que le lieutenant dit qu'il est en Alabama.

– Tu es en Alabama, fiston.

– Capitaine, on s'est fait durement attaquer hier, et ces hommes, y vont jamais s'en sortir.

Le chirurgien se mordit la lèvre, le visage ombré par le rebord de son chapeau, avant de cracher sur la terre du ballast.

– Très bien, dit-il. Monte sur le toit de la citerne, et si tu aperçois du bleu sur la voie, tire une fois. Ensuite, tu bondis sur le toit du wagon.

Une demi-heure plus tard, à plat ventre sur les planches brûlantes du toit de la citerne, il aperçut la colonne qui sortait des bois et entamait sa traversée de la prairie. Ne restait plus qu'un seul homme allongé sur l'affût du canon lorsque ce dernier aborda les ravines en donnant de la gîte. Deux autres étaient assis à l'arrière, les genoux remontés sur la poitrine. Le lieutenant avait déjà fouetté sa monture dès qu'il eut aperçu le train-hôpital et il précédait maintenant la colonne. Wesley prit son Springfield d'une main et descendit de la citerne, dos tourné à la voie, pour monter dans le tender. On défit les sangles qui tenaient la litière du cuistot à l'affût et l'homme fut transporté à l'intérieur d'un wagon. Des crachoirs étaient posés au sol, au pied de chaque rangée de couchettes et des cruchons faisant office de déversoirs s'étaient répandus par terre. Lorsque Wesley laissa le cuistot, ce dernier avait les yeux jaunes et écarquillés, les pupilles noires comme des cendres, comme s'il avait la jaunisse, et il serrait au creux de sa paume sa plaquette d'identité en bois nouée d'un cordon de cuir.

Deux kilomètres après le bayou, ils commencèrent à ramasser les traînards et, arrivé le milieu de l'après-midi, c'est une compagnie d'infanterie du Mississippi qu'ils dépassèrent en chemin. À chaque élévation de terrain qu'ils franchissaient, des hommes apparaissaient au sortir des bois, venant se joindre à la colonne grandissante. Wesley aperçut au-devant de lui un chariot-ambulance arrêté au milieu de la route, une mule toujours harnachée gisant au sol ; la colonne se divisa en deux à son passage et vint grossir les flancs qui avançaient dans les champs boueux. Le terrain se fit de plus en plus raviné, jonché de restes d'équipement, au fur et à mesure qu'ils approchaient de la rivière Tallapoosa, puis les chevaux des officiers sentirent l'odeur de l'eau portée par le vent et commencèrent à donner de la tête contre le mors. La campagne se déroulait maintenant en collines découvertes, la route d'argile aussi écarlate qu'une flaque de sang sous le soleil couchant, et il aperçut la ligne verte des arbres en bordure de rivière ; il comprit que ce soir-là, ils dormiraient en sécurité, dans un camp, leurs arrières protégés par l'artillerie et des troupes de réserve.

C'est alors qu'il vit le train-hôpital qui faisait marche arrière sur les rails luisants. La vapeur s'échappait en gros rouleaux de sous les roues, et le conducteur se penchait loin par sa fenêtre pour tenter de voir au-delà de la dernière voiture. Trois soldats armés de mousquets occupaient la crête du wagon, et le chirurgien était debout sur les marches d'accès au compartiment, une main sur la rembarde et une botte qui dérapait déjà sur les pierres du ballast. Le lieutenant dégagea son cheval du reste de la colonne et l'éperonna dans une volée d'argile en direction du chirurgien.

– Tu peux parier qu'on aura le cul en pleine friture ce soir, dit un soldat devant Wesley.

– C'est le campement du général Hood, là-bas sur la rivière, monsieur, dit un soldat texan tout près de lui, le visage pareil au tranchant d'une hachette. Y aura qu'un seul truc qui va bien frire, c'est c'te paire de couilles yankee qu'on s'est mises dans le poêlon.

Le lieutenant longea la colonne au trot et s'arrêta devant Wesley. Son cheval bavait d'une salive blanche et verte au mors.

– Faites dégager nos hommes de la colonne, qu'ils se placent derrière le talus de la voie de chemin de fer, caporal, dit-il.

– Monsieur ?

– Les Yankees ont déjà coupé la voie devant nous, et nous allons probablement être attaqués dans l'heure qui vient. Envoyez les blessés derrière le train et gardez les hommes en position jusqu'à ce que je revienne avec un chargement de munitions.

– Lieutenant, je ne peux pas...

Mais le lieutenant descendait déjà au galop le bas-côté de la route au milieu des soldats qui se répartissaient le long du terre-plein de la voie ferrée et commençaient à creuser des trous d'homme dans les sables de laitier et la terre.

Le soleil était rouge au-dessus des arbres de la berge, et Wesley vit les deux taulards s'avancer dans sa direction, deux silhouettes à contre-jour sur fond de ciel. Leurs chandails rayés étaient maculés d'argile rouge et de sueur, et le plus grand des deux portait à la ceinture un revolver à percuteur à aiguille.

– On est coincés, pas vrai ? dit-il.

– Demande ça au lieutenant.
– T'es bien caporal, non ?
– Contente-toi d'aller creuser ton trou avec les autres. Si on se fait plomber à la Whistling Dick ce soir, tu regretteras d'avoir pas creusé tout droit jusqu'en Chine.
– J'vais te dire quoi, m'sieur le Grand Mec. Avant qu'on parte d'ici, on va se tailler un morceau de ta couenne pour l'emporter avec nous, dit le taulard de grande taille.
– Z'allez aller nulle part ni l'un ni l'autre, sauf droit dans les bras du prévôt ou en plein dans une Minié, et y se pourrait bien que ch'sois ç'ui qui la tire.
– Qu'est-ce tu veux dire, le prévôt ?
Wesley vit le lieutenant mener son cheval au petit galop jusqu'à un chariot de munitions ; il traversa le talus de la voie ferrée et se laissa glisser dans la tranchée peu profonde que le reste de la troupe dégageait à l'aide de douelles de tonneaux et d'assiettes en fer-blanc.
Il s'allongea à plat ventre sur la pente et regarda, au-delà des pâturages ravinés et piétinés, le soleil qui brûlait dans les profondeurs de l'horizon. Les filaments bas des nuages s'embrasaient de lumière, et les chênes d'eau le long de la berge de la rivière projetaient leurs longues ombres à la surface du courant mort. Il entendit au loin le claquement d'une carabine solitaire, puis le crachotement irrégulier de fusils en plus grand nombre dans l'épaisseur des bois qui lui faisaient face, et cette vieille peur sortie d'un rêve, une peur à vider le corps de son sang, commença à le nouer à nouveau au creux de l'estomac. Il essaya de percer la limite des arbres jusqu'à ce que les troncs s'éloignent de son champ de vision et reprennent leur ampleur vraie à la lumière qui allait faiblissant. Chacun des hommes à son poste sur la ligne de feu tenait son fusil armé, chien relevé, canon posé sur le terre-plein, la pointe de la baïonnette enfoncée dans la terre à côté de lui.
– Où qu'y sont, nom de Dieu ? dit l'homme à côté de Wesley.
La crosse de son mousquet était sombre sous ses mains mouillées de transpiration.
Puis Wesley vit les branches des arbres commencer à remuer, d'un mouvement qui n'était pas naturel, avant d'aper-

cevoir les formes sombres qui avançaient, pliées en deux au milieu des ombres de la forêt.

– Oh, nom de Dieu ! Regarde-les-moi z'y, ces salopards, dit le soldat à ses côtés.

Les Fédéraux sortaient des bois, il y en avait partout, aussi loin que l'œil de Wesley pouvait porter. Trois canons tractés par des mules jaillirent soudain avec fracas du sous-bois, suivis par un mortier monté sur un affût énorme à quatre roues. Les servants firent pivoter les canons en position, détachèrent les mules qu'ils cravachèrent pour les chasser dans les bois tandis que trois hommes chargeaient le mortier d'un boulet de fer. Les officiers galopaient d'un sens, puis de l'autre, le long de la ligne de feu, formant leurs hommes en rangs pour la traversée du pâturage. Puis leurs chariots-ambulance se mirent en route sur l'arrière, et Wesley arma le chien de son fusil Springfield, enveloppant de ses doigts serrés l'intérieur du pontet.

On aura pas l'ombre d'une chance, se dit-il. Ils ont assez d'artillerie pour nous faire tous voler en pièces sur la voie ferrée. Ce mortier est capable de nous moucher vingt mètres de nos lignes en moins de temps qu'il ne faut pour le dire. On aurait dû se regrouper dans les bois. Ç'a pas de sens de vouloir contenir une batterie d'artillerie quand on a pas la queue d'un canon en soutien.

Il entendit derrière lui le cheval du lieutenant et se retourna dans la poussière, en appui sur un coude. Le lieutenant tenait les rênes nouées autour du poing, une carabine maintenue de sa main libre, la crosse en appui contre sa cuisse. Les traits bien nets de son visage rasé baignaient des dernières rougeurs du soleil.

– Ils nous arrivent en plein sur le milieu, messieurs, dit-il. Ils ont leurs réserves jusqu'à l'autre bout de ces bois, et ils vont réussir leur percée avant la nuit tombée. Si nous pouvons tenir jusque-là, Hood les prendra de flanc avant le matin.

Wesley se laissa glisser sur les coudes en bas du terre-plein de la voie et avança, plié en deux, près du cheval du lieutenant. Il eut soudain très froid à la tête sous la brise.

– Lieutenant, y'en a la moitié qui vont décamper aux premiers obus qui vont tomber sur nous, dit-il d'une voix blanche, la gorge sèche.

– Ils sont aussi sur nos arrières, caporal. C'est soit ici, soit le camp de prisonniers de Johnson's Island.

– Monsieur, les hommes, y z'en auront rien à faire quand ça va se mettre à tomber, et je vais pas pouvoir les retenir.

– Chacun de nous fera ce qu'il a à faire. Vous feriez bien de regagner votre position.

Le lieutenant tourna bride et s'éloigna de Wesley pour se diriger au petit galop vers le chariot à munitions, le visage impassible et glacé, aussi indéchiffrable qu'une sculpture de marbre.

Le premier canon recula sur ses roues sous une violente embardée dans une explosion de terre et de fumée. Wesley se colla le visage dans le mâchefer dur, les bras sur la tête, tandis que l'obus hurlait dans les airs pour venir éclater devant le talus de chemin de fer à trente mètres de lui. Puis les deux autres canons rugirent presque à l'unisson, et son cœur se mit à cogner contre la terre, dans l'attente de ce bruit soudain déchirant l'air, pareil à du fer-blanc qu'on mettrait en charpie, qui signifiait qu'il arrivait sur la position. Mais ils avaient réglé la hausse trop haut, et les deux obus explosèrent dans les arbres, quelque part derrière le train-hôpital.

Les servants du canon écouvillonnaient le tube à l'eau lorsque le mortier lâcha son premier projectile. L'affût parut s'écraser dans la terre sous le recul, et il entendit l'énorme boulet de fer qui commençait à sortir de sa trajectoire courbe pour glisser dans les airs en direction du sol comme une pelure de tonnerre. Sous la chaleur et le souffle créés par l'explosion, sa tête se mit à tinter, sa peau à brûler, à croire qu'on venait d'ouvrir juste à côté de lui la porte d'un haut fourneau. Il releva la tête, les yeux pleins de sueur et de poussière, et vit un profond cratère à l'emplacement de sept mètres de voie ferrée et de terre-plein. Blessés et morts étaient à moitié enterrés sous la terre et les traverses éclatées, et un soldat était assis au bord du trou, les deux paumes pressées sur les oreilles.

– Les v'là qui arrivent ! hurla une voix derrière lui.

Les Fédéraux entamèrent leur avance en lignes brisées à travers champs, baïonnette au canon, sous la couverture de l'artillerie depuis leurs arrières. Leur ligne de front donnait l'impression de vaciller et se dissoudre sous les fumerolles qui les précédaient, portées par le vent, avant de se reformer dans l'air soudain lavé par les derniers feux du crépuscule. L'un des chariots-ambulance fut touché et le châssis de bois sec s'enflamma pour ne plus laisser au sol qu'un tas noir et calciné sur roues en l'espace de quelques minutes. Puis un étrange projectile effilé lancé par un canon explosa près du transport de munitions au bord du bois et fit sauter chariot, mule et conducteur en une flamme immense qui vint roussir la crête des pins. Wesley roula sur le dos et glissa sa baïonnette dans la rainure au bout de son Springfield.

– C't' égorgeur à cochons, y te servira à rien maintenant, gamin, dit le soldat texan, la tête juste sous le niveau de la voie. Attends 'core une minute, et colle-leur un pétale de rose entre les deux yeux.

Il n'entendit pas le soldat, pas plus que la boîte à mitraille filant dans les airs avant de s'écraser avec un bruit sourd contre les flancs en bois du train. Le lieutenant était toujours à dos de cheval, la carabine perpendiculaire au corps, bride tendue, le mors serré contre les dents de sa monture, une manche au tissu sale déchiré et une large tache ensanglantée sur le bras qui descendait jusqu'au coude. Le cheval avait les yeux écarquillés de terreur, et ne cessait de tordre la tête contre la bride en essayant de tourner en cercle sur lui-même.

– À terre, lieutenant ! Descendez de cheval ! hurla Wesley.

Le poids du Springfield lui pesait sur l'estomac, et il dut relever la tête vers la pente pour parler.

– Lieutenant, ils vont vous tailler en pièces si vous restez en selle.

Les deux taulards, accroupis jusque-là derrière les roues de la locomotive, piquèrent vers les bois, le corps plié en deux. Le lieutenant mit sa carabine en ligne de mire sur son avant-bras et fit feu. Le plus grand des deux hommes vit l'une de ses jambes chassée violemment de sous lui, et il tomba sur les fesses dans l'herbe. Le second continua à courir vers la zone boisée.

– Vaudrait mieux que t'arrêtes de te faire de la bile pour ce cinglé sur son cheval et que tu te mettes à tirer, dit le soldat texan.

Wesley se retourna sur le ventre et plaça son fusil sur le sommet du terre-plein. La première ligne des troupes fédérales était maintenant bien plus proche, et d'autres hommes arrivaient par centaines derrière elle dans les tourbillons de fumée. Le front en marche donnait l'impression de se plier et d'éclater momentanément à chaque salve, puis d'autres Fédéraux venaient remplir les rangs en passant sur les corps des morts. Wesley plaça son fusil en équilibre sur le rail, mit la main gauche en coupe sous le fût de son arme et prit sa visée sur l'éclair blanc d'un maillot de corps sous une gorge. La balle toucha plus bas et frappa l'homme en pleine poitrine en l'envoyant basculer sur le dos dans le champ, bras en croix. Il retira son fusil de son point d'appui sur le rail pour recharger et son regard tomba en plein sur le visage mort du soldat texan. Il portait un petit trou au sommet du crâne, et son râtelier en bois était tombé au sol.

Wesley verrouilla la culasse et écrasa la queue de détente, tirant dans la ligne des Fédéraux sans même viser. Le chien claqua sèchement et il dut dégager la cartouche défectueuse à l'aide de son couteau. En bout de sa propre ligne de défense, il vit des hommes se relever, le fusil au bout des bras, tandis que les Yankees bondissaient par-dessus les rails.

Ses doigts étaient gourds et épais et ils tremblaient en enfilant une nouvelle cartouche dans la culasse, puis il entendit le lieutenant s'écrier derrière lui :

– Cette fois, nous y sommes, messieurs. Hurrah pour Jefferson Davis. Ce soir, expédions-les en enfer.

Le lieutenant cisailla de ses éperons les flancs du cheval et bondit par-dessus le terre-plein dans un grondement de tonnerre, la carabine en l'air. Son chapeau s'envola, la main qui tenait les rênes était écarlate et brillait de sang.

Ils le suivirent dans le champ, hurlant à quelque souvenir revenu à la mémoire, Chickamauga, New Hope Church ou

Chancellorsville, leurs uniformes brun et gris aux couleurs passées presque fondus aux brumasses de fumée et à la lumière du jour disparaissant. Wesley sentit les corps tomber de chaque côté de lui, puis il aperçut le lieutenant, toujours droit sur sa selle, comme s'il venait de se rappeler soudain quelque pensée égarée, avant que sa main ne lâchat doucement la carabine qui tomba au sol. Le cheval secoua la tête pour se libérer des rênes molles avant de ruer des quatre fers et de sortir de la fumée en direction du talus de la voie ferrée. Le lieutenant tomba en arrière, glissa de la croupe et resta immobile dans le champ, une botte tordue sous la cuisse.

Wesley tira droit en pleine figure d'un homme à un mètre de lui et enfonça sa baïonnette dans le sternum d'un sergent déjà touché qui s'écroulait au sol. Puis il entendit le toussotement lointain d'un canon dans les pins, avant que l'air ne se déchire comme une peau qu'on aurait arraché au ciel, sous les arêtes émoussées de l'obus qui quittait sa trajectoire. Une Whistling Dick, songea-t-il. Pourquoi balancer ça au risque de toucher leurs propres hommes ?

L'obus explosa devant lui, et pendant cette seconde où rugirent terre et lumière, il crut sentir un doigt se tendre pour lui oindre le front au passage d'un petit signe fortuit.

Qu'on me mette en terre au bout d'une chaîne d'or

Le prêtre et les deux nonnes, tous trois de nationalité américaine, qui dirigeaient l'orphelinat du village guatémaltèque de San Luis déclarèrent qu'en fait, ils n'avaient jamais vu les rebelles. Parfois, la nuit, ils avaient l'impression d'entendre le crépitement d'armes à feu dans les montagnes, petite succession de claquements lointains pareils à une filée de pétards. En outre, deux recruteurs de main d'œuvre avaient été tués par balles dans leur camion par les rebelles sur une plantation de café toute proche. Mais le contact le plus direct qu'aient jamais eu avec la guerre le père Larry et les nonnes se résumait aux passages occasionnels de l'armée dans le village – des Indiens casqués d'acier en treillis de camouflage – auxquels il fallait ajouter le survol d'hélicoptères de fabrication américaine qui faisaient hurler les enfants de terreur tant ceux-ci avaient peur de voir leur village mitraillé depuis les airs.

– J'ai parfois l'impression, après m'être endormi, d'entendre des gens, là-bas, dans les bananiers, dit le père Larry.

Il pointa le doigt au-delà de l'allée de terre rouge vers les bouquets serrés de bananiers et la jungle qui remontait lentement vers les montagnes basses et bleues et un volcan éteint. Le volcan tranchait le ciel de cobalt de sa masse noire.

– Mais il ne s'agit peut-être que d'animaux. Toujours est-il qu'ils ne viennent pas ici. Tout au moins pas de manière à se faire identifier comme tels.

L'homme était gentil, d'une certaine manière encore, plus gentilhomme que prêtre, exilé qui avait fui les fortunes bostoniennes et fanatique paisible des Red Sox, dont le goût le portait toujours vers le Jack Daniels plutôt que vers le rhum du cru. Je supposai que ses réticences à parler de choses désagréables tenaient plus à son éducation qu'à ses craintes de ce qui pourrait s'ensuivre.

– Pourquoi les tuent-ils toujours en sous-vêtements ? dis-je.

– Je n'ai rien vu de tel ici.

Il avait le visage rond d'un Irlandais, l'épiderme marqué de taches hépatiques. Ses lunettes d'écaille à monture noire faisaient paraître son crâne chauve plus gros qu'il n'était.

– Vous avez vu cela au Salvador.

– Je ne sais pas pourquoi ils les obligent à se dévêtir. Peut-être pour les humilier. Je pense que vous êtes probablement bon journaliste, mais n'essayez pas de trouver ce qui se cache derrière ces choses. Passez quelques jours en notre compagnie, écrivez une histoire sur les enfants ou les hélicoptères de combat ou tout ce que vous voulez, et ensuite rentrez chez vous. Les rebelles ne nous feront pas de mal et nous ne possédons rien qui intéresse l'armée. Mais vous... – Il pointa son doigt sur moi – Ils ne reçoivent pas les armes qu'ils veulent et c'est la presse américaine qu'ils rendent responsable.

Nous étions assis sous le porche de sa petite maison de stuc blanc avec une bouteille de Jack Daniels posée entre nous. Le soleil flamboyait sur les bougainvillées et l'entrelacs de roses rouges et jaunes qui poussaient le long de la rambarde.

– Moi aussi, je suis catholique, mon père. Peut-être que les raisons de ma présence ici sont tout à fait autres.

Il alluma un cigare à bout filtre pour masquer l'irritation sur son visage.

– Nous ne sommes pas ici dans un endroit où l'on joue avec les idées. Si vous vous intéressez à vouloir découvrir celui que vous êtes vraiment, inscrivez-vous à un groupe de thérapie et d'éveil à la conscience aux États-Unis. Pour l'heure, vous vous trouvez entouré de gens qui sont des fous furieux moralement parlant. Ils tuent leurs victimes en sous-vêtements parce que souvent, ils les brûlent et les mutilent d'abord.

*
**

À Wichita, Kansas, où j'enseignais la création littéraire et ses techniques à l'université, la propagation de l'humanisme ambiant était une grande source de souci chez les habitants. La ville était entourée par dix-huit silos de missiles Titan... Personne n'en parlait jamais. Daniel Berrigan, ex-taulard jésuite qui avait fait trois ans de prison pour avoir répandu du sang de poulet sur les dossiers d'incorporation de l'armée, arriva en ville alors qu'il était libéré sous caution, attendant son passage en appel, pour avoir joué au vandale avec des composants pour missiles dans une usine de la General Electric. C'était un homme grave et sérieux, peut-être le meilleur orateur qu'il m'eût été donné d'entendre, dur et endurci par la prison, mais un homme dont le regard donnait l'impression de percer les ténèbres pour y voir des perspectives effrayantes. Il disait que nos inventions monstrueuses pourraient un jour imposer aux enfants de cette terre des souffrances que même l'Apocalypse de saint Jean est incapable de décrire correctement. C'était de toute évidence un homme raisonnable, sain d'esprit et plein de compassion. Aucune chaîne de télévision ne vint couvrir sa prestation. La moitié du public était composée des cent cinquante personnes que nous réussissions à rassembler au maximum à chacun de nos meetings antinucléaires. Notre petite coalition de nonnes, mennonites, socialistes et gauchistes syndicalistes membres des Catholic Workers était tolérée.

Au nord de Wichita, une secte religieuse brûlait les disques de rock-and-roll et les exemplaires de la revue *Playboy.* Les commerçants donnèrent de la voix en faisant part de leur inquiétude lorsque le ministère de la Défense annonça l'éventualité d'évacuer les Titans de leur site dans le comté de Sedwick avant 1985. La municipalité rejeta l'ordonnance sur les droits des homosexuels et interdit les concerts de musique dans les jardins publics. Il s'en trouva même certains pour se plaindre lorsqu'un lycée du cru choisit comme nom pour son équipe de football The Blue Devils, les Diables bleus. On aurait dit des couchers de soleil au Kansas du sang répandu sur l'horizon. La campagne était verte au printemps, tellement détrempée de neige fondue, éclatant des jeunes pousses de blé que j'arrêtai de parler des missiles Titan, moi aussi, pour me mettre à boire de la bière légère – 3° 2 de titre d'alcool – dans les bars agréables en compagnie des travailleurs de chez Boeing.

***

Trois jours plus tard, à cinquante kilomètres par la route de l'orphelinat du père Larry, le capitaine Ramos m'apprit qu'il aimait les Américains, qu'il avait vécu deux ans à Miami et qu'il aimerait y retourner une fois cette guerre-ci terminée mais qu'en revanche, nous autres Américains, nous montrions trop pointilleux sur le sujet des droits civiques dans les autres pays.

– Vous devriez comprendre nos problèmes. Vous avez connu les mêmes au Viêt-nam, dit-il.

Nous étions dans sa jeep garée sur une route de terre rouge qui longeait un long pâturage s'étirant jusqu'au pied d'une montagne. L'herbe haute et verte ondulait sous la brise, et le centre de la prairie était barré d'un fossé d'irrigation tarabiscoté qui béait comme une incision chirurgicale à la face de la terre. Des mottes d'herbe verte avaient été arrachées du rebord du fossé. Deux douzaines de soldats du rang en treillis camouflés avaient pris position, à genoux au bord de la route. Deux mitrailleuses M-60, une sur chaque flanc, placées en tir croisé, faisaient partie du dispositif mobile capable de déchiqueter tout ce qui essaierait de se dresser au sortir du fossé.

– Vous voyez à quoi nous avons affaire ? dit-il. Ils refusent de se rendre. Ce sont des fanatiques marxistes et ils ne comprennent que le langage des armes.

– Que leur arriverait-il s'ils se rendaient ? dis-je.

– C'est là un sujet qui ne dépend que des prisonniers.

Les hommes du capitaine Ramos qualifiaient celui-ci, derrière son dos, du sobriquet de Huachinango, ou Poisson rouge, car c'était un gros homme au teint sombre dont le teint virait au rouge grossier lorsqu'il buvait du rhum. Il portait des lunettes de soleil correctrices aux verres bleutés, arborait moustache et sentait le cigare et la lotion capillaire. Il regarda par-dessus son épaule d'un air excédé : il attendait l'arrivée du 105 qu'un camion de la caserne de la ville devait remorquer jusque-là. Pour passer le temps, il me demanda si son nom figurerait dans *Playboy* ou *Esquire.* Je répondis que je finirais probablement par écrire un article ou deux destinés à une publication catholique.

– La presse catholique aux États-Unis est gauchiste. Comme les Maryknolls, dit-il.

Je me sentis dans mes petits souliers.

– Je ne pense pas que ce soit exact, dis-je.

– Ils se prétendent missionnaires, mais ils donnent asile aux rebelles. Votre ami prêtre à l'orphelinat, qu'est-ce qu'il vous dit ?

– Il ne discute pas politique. Son seul souci, c'est de s'occuper des enfants.

Les mots sortirent trop vite de ma bouche.

– Je soupçonne le contraire. Mais tant que nous ne recevons pas de rapport à son sujet, il ne présente aucun intérêt. Nous ne nous mêlons pas des affaires des gens innocents.

– Est-ce que ces mecs là-bas vont se rendre lorsqu'ils sauront que vous disposez d'un 105 ?

– Arrivé à un certain stade, les choix n'existent plus, dit-il.

Un peu plus tard, les soldats décrochèrent l'obusier du transporteur du corps des marines U.S., introduisirent un bel obus luisant dans la culasse, reclaquèrent le manchon et firent feu. Un jeune soldat indien tendit sèchement le cordon tire-feu et l'obusier rugit, rebondit sur ses roues et l'instant d'après, le projectile explosait en un geyser de terre noire de l'autre côté du fossé. Une volée de merles pris de frénésie se leva des herbes hautes. Les canonniers étaient doués, et il leur suffit de deux autres obus pour encadrer le fossé. Les soldats attendaient l'ordre du capitaine Ramos. Lequel alluma un nouveau cigare et tira pensivement une bouffée comme si quelque profonde considération philosophique le préoccupait très sérieusement.

– Capitaine, je suis neutre. Je pourrais avancer jusque-là avec un drapeau blanc, dis-je d'une voix paisible.

Mais il n'écoutait pas. J'avais cru qu'il évaluait le poids des vies en jeu, tous ces gens, là-bas, dans le fossé. Il appela un soldat jusqu'à la jeep et lui dit de remettre toutes les douilles d'obus dans le camion. J'appris par la suite que le capitaine était propriétaire de la moitié du capital d'une affaire de récupération de ferraille à Puerto Barrios.

Quinze minutes durant, ils taillèrent en pièces les hommes du fossé en faisant voler des morceaux de corps dans les airs. Un soldat, la main gantée d'une moufle en amiante, balançait les douilles fumantes derrière l'obusier ; un autre, la poitrine nue, la peau de bronze couverte de particules de poussière et de sueur mêlées, enfournait aussitôt un nouvel obus dans la culasse, verrouillait la poignée et le canon rugissait avec une force telle qu'elle nous obligeait à ouvrir et refermer la bouche pour déboucher nos oreilles. Le terreau en surface recouvrait du corail, et lorsqu'un obus éclatait sur le bord du fossé, des éclats chantaient à travers tout le champ et un nuage rose de poudre de pierre se levait au-dessus des herbes.

Les rebelles essayèrent bien de riposter avec quelques Enfield à culasse mobile juste bons pour la casse. Au travers de nos jumelles, je voyais têtes et épaules déchiquetées par le tir croisé des M-60 placé sur les flancs. Un homme nu-pieds, en T-shirt et blue-jean, bondit du fossé et se mit à courir dans les herbes hautes vers la montagne. Il creusait les reins comme s'il attendait à tout instant qu'un doigt invisible et mortel vînt le toucher. Son visage reflétait une terreur qu'il ne m'avait été donné de voir que chez les hommes torturés par les brigades de la mort juste avant d'être exécutés. L'un des mitrailleurs fit pivoter, l'air de rien, son canon sur l'homme qui courait et lui souffla son T-shirt du dos.

Lorsque ce fut terminé, le capitaine Ramos m'offrit une gorgée de rhum blanc de sa flasque.

– Désirez-vous prendre des photos ? demanda-t-il. Nous n'avons aucune honte de ce que nous avons fait. Il ne s'est rien passé de déshonorant aujourd'hui.

Je lui répondis que non.

– Tout ceci est bien triste, dit-il. Vous rappelez-vous ce qu'Adolf Eichmann a déclaré avant d'être pendu par les Juifs ? Un homme se doit de servir son prince, et celui qui n'a pas de chance se doit parfois de servir un mauvais prince. Je pense qu'il y a une grande sagesse dans ce qu'il a dit.

– Je pense, moi, que ce sont des conneries de nazi, dis-je.

– Ah, mon ami, vous pouvez vous permettre de jouer au moralisateur parce que vous n'êtes pas directement impliqué.

***

Je me rendis au volant de ma voiture de location dans un village aux abords de Quezaltenango pour y interviewer quelques distributeurs américains de lait en poudre. La vente de lait pour bébé fait l'objet d'une promotion agressive dans ce pays. Ceux et celles qui en ont la charge revêtent des vestes blanches comme s'ils étaient auxiliaires médicaux ou infirmières, alors qu'ils ne sont nullement médecins, de près ou de loin. Les missionnaires essaient d'encourager les Indiennes à continuer d'allaiter leurs nourrissons au sein plutôt que de recourir au lait en poudre, dans la mesure où les mères mélangent souvent le lait à de l'eau souillée, et les enfants tombent malades et meurent.

En cette matinée lumineuse, les gens du lait en poudre ont chargé leur camionnette et se sont taillés. Une brigade de la mort opérait dans la zone la nuit dernière, et l'heure était venue de se casser du coin vite fait pour partir en quête de nouveaux horizons. Pour diverses raisons, personne n'aime retrouver les victimes des brigades de la mort. Très souvent, les corps sont mutilés ; la chaleur tropicale accélère très rapidement le processus de décomposition, et l'odeur âcre s'accroche aux sous-bois et vous serre comme un poing invisible ; souvent le corps de la victime porte attaché un petit mot qui menace d'un sort identique quiconque osera enterrer les dépouilles.

Cinq coupeurs de canne à sucre gisent sur la berge de la rivière, abattus à bout portant. Ils portent tous des slips orange et mauve, et leurs pouces sont attachés derrière leur dos à l'aide de fil de fer. À mon avis, ils ont été abattus par des balles dum-dum calibre .45, probablement à la mitraillette. De grosses mouches couleur vert bouteille bourdonnent en rangs serrés dans l'ombre brûlante des cannes à sucre là où gisent les corps, là où le sang de leurs blessures déchiquetées a coulé dans le ruisseau. La police locale ne viendra pas jusqu'à la rivière. En leur lieu et place, c'est un homme qui est là, le visage mouillé de larmes ; il fait reculer un camion sur les tiges de canne brisées, lui et un groupe de femmes sectionnant le fil de fer des pouces noircis des victimes, ils leur lavent la figure et la poitrine de chiffons humides, ils chargent les corps sur le plateau du camion.

Personne ne peut comprendre pourquoi les cinq coupeurs de canne ont été tués. Le plus jeune a seize ans. Sa mère est en pleine crise d'hystérie et empêche le menuisier du village de prendre les mesures du corps à l'aide de son mètre. J'utilise un grand angle pour photographier les corps et les femmes en sanglots sous les colonnades, devant le poste de police vide.

Les forcenés de la vente de lait en poudre ont peut-être fait preuve d'un reste de décence en levant les voiles. Je me fais l'effet d'un voyeur en quête de malheur avec mon appareil-photo et mon stylo. J'entends aux informations de Guatemala City que les marines foutent le paquet à Grenade. Une vraie branlée ! Il me semble que ce matin le monde se partage plus distinctement entre observateurs et participants.

Pourvois à toi-même, disait Robert Frost, sinon quelqu'un d'autre y pourvoira à ta place. Je me convaincs qu'il parlait de deux verres de rhum blanc avant d'essayer de déjeuner dans l'unique café du village, à portée d'oreille du cortège funèbre qui se dirige vers le cimetière.

J'ai été élevé à La Nouvelle-Orléans par une tante charmante qui habitait le Garden District. Jamais je n'ai connu de Noirs qui ne fussent serviteurs ou jardiniers. Ils ne fréquentaient ni notre église de paroisse ni nos écoles et n'habitaient pas notre quartier. Le long des rues ombragées de mousse espagnole et pavées de briques qui m'ont vu grandir, les gens de couleur occupaient des emplois serviles, simples visiteurs qui se présentaient tôt le matin aux portes de derrière pour s'en disparaître l'heure du souper venue de l'autre côté de Magazine Street. Nous ne leur connaissions que des prénoms jusqu'à ce qu'ils fussent en âge d'être appelés « Tantine » ou « Cap ». Même pendant la messe, l'idée ne m'est jamais venue de remettre en question la présence d'une seule race dans la cathédrale. William Faulkner a dit un jour que pour les Sudistes, la ségrégation n'était rien d'autre qu'un simple fait, elle était tout simplement là. Elle avait toujours existé, elle existerait toujours. Elle ne suscitait pas plus de réflexions en nous que le climat chaud aux parfums de magnolias sous lequel nous vivions.

Mais pour merveilleux écrivain et grand monsieur qu'il eût été, M. Faulkner se trompait sur ce point particulier. Il existait des Sudistes qui remettaient en question les lois de la ségrégation car ils les trouvaient odieuses (tout comme lui à cet égard), comme autant d'insultes à la raison, véritable péché collectif qui entachait de sa souillure le rêve de Jefferson dans son entier. Je me souviens de quelques-uns de ces Sudistes-là – membres du Mouvement des travailleurs catholiques, du Congrès pour l'égalité raciale, de la Conférence des chefs chrétiens sudistes. Bull Connor [1] – Connor le Taureau – lançait sur eux les bergers allemands de la police et les balayait des trottoirs en les envoyant dinguer à coups de lance à incendie ; les cavaliers de la police d'État de George Wallace les écrasaient sous leurs sabots au pont Selma ; le Ku-Klux-Klan les lynchait dans le comté de Neshoba, Mississippi.

1. Shérif de Birmingham, Alabama, célèbre pour sa violence à l'égard des Noirs. *(N.d.T.)*

Contre nos protestations, ils reconstruisirent un Golgotha devant nos yeux et nous obligèrent à enfoncer les clous ou à assister aux événements en témoins coupables. Leurs chairs déchiquetées, leurs ossements exhumés d'un barrage de terre ne quittaient pas nos écrans de télévision. Les aboiements des chiens, l'hymne d'effroi de prêtres nègres encerclés par une foule en furie nous suivaient jusque dans nos cuisines tandis que nous essayions de nous préparer un verre. Nous demandions d'eux une patience et une compréhension que nous étions incapables d'exiger de nous-mêmes.

Je rendis visite à un ami membre des Travailleurs catholiques, incarcéré à la prison de Baton Rouge. Lui comme le Noir âgé qui partageait sa cellule avaient été tous deux gazés aux lacrymogènes. Ils avaient les yeux rouges et gonflés dans la pénombre sinistre. Lors des manifestations, la police d'État avait tué deux étudiants noirs sur les marches de Southern University ; le vieil homme n'avait plus toute sa tête : convaincu que des Blancs avaient été tués, il était sûr qu'on allait l'expédier au pénitencier d'Angola pour l'y laisser mourir. Il chantait :

> Mettez-moi en terre au bout d'une chaîne d'or
> Et veillez à garder ma tombe bien propre.

Mon ami ne connaissait pas les charges retenues contre lui. Son audience préalable n'avait pas encore eu lieu, mais je réglai, en compagnie d'un prêtre, la caution du vieil homme. Le maton s'était posté à la porte de la cellule : il attendait que le Noir sorte dans le couloir. Je regardai les yeux rouges du vieil homme sous la lumière chiche. Il était toujours convaincu que des Blancs avaient trouvé la mort et que les Nègres allaient payer. Mais il dit :

– Non, m'sieurs, ch'peux pas laisser ce jeune Blanc tout seul.

En l'espace de cinq ans ou à peu près, ils changèrent ce que nous avions laissé se perpétuer pendant trois siècles et demi.

Le chef des guérilleros était vêtu d'un blue-jean, chaussures de tennis aux pieds, et d'une chemise aux couleurs passées avec motif imprimé de perroquets bleu et jaune, et il était coiffé d'une casquette avec le sigle des tracteurs John Deere. Il ressemblait à un vendeur de cacahuètes d'un match de base-ball américain. Il était assis dans l'embrasure de porte d'un hélicoptère Huey grêlé d'impacts de balles qui s'était écrasé et avait traversé la marquise végétale des ficus ; aujourd'hui rouillé, il était couvert d'un entrelacs de plantes grimpantes et de fines racines aériennes de ficus. L'homme était d'humeur contemplative et fumait une énorme cigarette roulée tout en maintenant en équilibre sur un genou sa bouteille de Dos X's tiède. Ses parents, employés comme ouvriers sur une plantation de café, l'avaient prénommé Francisco, du nom d'un grand saint, mais il n'était pas religieux, disait-il. Son problème était bien de ce monde : l'acquisition de nouvelles, et meilleures, armes.

– Nous avons abattu cet hélicoptère avec des fusils qui ont quarante ans, dit-il. Mais nous avons eu de la chance. Si nous avions l'équipement dont dispose le gouvernement, nous pourrions être à Guatemala City en six semaines.

Les hommes qui déjeunaient sous les arbres étaient tous armés de M-1 et de fusils Enfield datant de la Seconde Guerre mondiale, auxquels s'ajoutaient quelques M-16 pris à l'ennemi. Ils étaient jeunes pour la plupart, vêtus de guenilles de couleur sombre. Quelques-uns avaient tissé feuilles et tiges de plantes grimpantes à la paille de leurs chapeaux.

– Ce serait sensationnel de pouvoir disposer de mortiers. Ou de mitraillettes Uzi comme celles que les Israéliens vendent au gouvernement chilien, dit Francisco. Nous sommes obligés de traiter avec des revendeurs de marché noir aux États-Unis qui essaient toujours de nous escroquer s'ils le peuvent.

J'avais bu quatre bières chaudes et j'abordai un sujet plus difficile. Hier, les rebelles avaient brûlé l'autocar qui faisait la liaison entre San Luis et la ville voisine. Cela me semblait un acte stupide et inutile.

– Qu'a donc fait votre pays au Viêt-nam ? dit-il.

Ses yeux noirs d'Indien ne cillaient pas, à croire que ses paupières avaient été suturées à son front.

– Vous avez bombardé leurs trains, leurs ponts, leurs centrales électriques, et pour finir leurs villes. Pourquoi trouvez-vous à redire à un bus détruit ?

– Je ne suis pas d'accord avec ce qu'a fait notre gouvernement au Viêt-nam.

– Je pense que les Américains ne sont pas d'accord avec la défaite.

– Après le bus, vous avez eu un accrochage avec quelques soldats. Vous avez fait venir leur officier sous un drapeau blanc.

– Oui ?

– Et vous l'avez abattu.

– C'est un des jeunes qui a tiré. Un de ceux dont les parents ont été torturés. Voulez-vous savoir ce qu'ils ont fait à sa mère?

Je détournai mon regard de son visage.

– J'aimerais photographier le Huey. Je ne prendrai pas de photos de vos hommes, dis-je.

– La lumière n'est pas bonne pour l'appareil que vous avez. Vous pourrez prendre des photos à un autre moment.

– Très bien.

– Vous êtes en colère. Mais pourquoi ? Vous avez tout ce que vous désirez – une histoire pour votre revue, la possibilité de voir la guerre en toute sécurité des deux camps. Je vous ai vu à la jumelle quand le capitaine Ramos a tué tous ceux qui se trouvaient dans le fossé. Mais je n'ai aucune rancune à votre égard. Vous ne devriez pas vous mettre en colère sur un petit refus.

Je sentais le sang affluer à mon visage.

– Je n'ai que de petits désirs et je suis incapable de les satisfaire, dit-il. J'aimerais boire du Pepsi-Cola. Je n'aime pas la bière. Elle me donne la diarrhée.

– Pourquoi n'allez-vous pas à San Luis vous en acheter comme tout le monde ? Ils en ont des piles entières.

Il resta songeur un moment.

– Est-ce que le missionnaire américain qu'il y a là-bas a aussi des médicaments ? Nous sommes prêts à payer pour en avoir.

– Non.

– Vous êtes sûr ?

– Il n'est pas médecin. Lui et les nonnes s'occupent seulement des enfants.

– Et qu'est-ce qu'ils leur donnent quand les petits sont malades ? Du Pepsi-Cola ? Vous êtes très divertissant comme journaliste.

***

Je trouvai le père Larry en compagnie de deux Indiens près de la nouvelle clinique, en train de mélanger du mortier dans une caisse en bois. Il avait la poitrine épaisse, des poils blancs sortaient de sous son T-shirt et il avait le visage rouge et poussiéreux du travail qui l'occupait.

– J'ai besoin de vous parler, dis-je.

– On dirait que vous avez fait quelques arrêts buvette au bar. De si bon matin !

Il leva les yeux vers moi et me sourit derrière ses lunettes en écaille noire.

– Je bois trop. C'est l'un de mes problèmes.

– Tout le monde boit trop par ici, dit-il.

– Je crois que j'ai dit des choses stupides et provoqué certaines personnes, mon père. Je crois que vous devriez partir.

– Allez à la maison et préparez-nous à tous quelque chose à boire.

– Non. Ce pays est un asile d'aliénés en plein air. Vous devriez être à Boston à enseigner dans une université jésuite et suivre les matches à Fenway.

– Rien de ce que vous ayez pu dire à quiconque n'aura le moindre effet sur mon existence. Essayez donc d'apprendre un peu l'humilité pendant votre séjour ici.

– Mon père, j'ai vu de mes yeux un capitaine de l'armée bombarder un fossé plein d'hommes et les transformer en lasagnes. Il a accordé à toute l'opération à peu près autant d'importance que s'il s'était coupé les ongles. Ensuite, j'ai interviewé un chef de la guérilla qui se défonce à renifler de la cordite. Tous les deux pensent à vous très fort. Seigneur Dieu, accordez-moi un peu de crédit dans mes jugements. Ces mecs vous ont collé en plein milieu de leurs préoccupations.

– Vous vous trompez sur ce point, mon ami. Il n'existe pas de milieu en ce bas monde. Vous vous rappelez l'époque où ils chantaient "De quel côté êtes-vous" ? Dans le Mississippi ? C'est exactement de cela qu'il s'agit.

Je rejoignis la côte et m'installai dans un hôtel de prix sur une magnifique étendue de plage au sable blanc. Des bateaux charters de pêche sportive se laissaient porter par les eaux émeraude du Pacifique semées de taches d'un bleu d'encre, et le soleil couchant ressemblait à une planète rouge en train de glisser derrière l'horizon liquide. Je mangeai de la langouste dans une salle à manger aux tables couvertes de lin et aux portes-fenêtres qui ouvraient sur palmiers et hibiscus jaunes. Je bus deux bouteilles de vin de Madère et réglai le tout avec ma carte du Diner's Club. J'étais hanté par le père Larry.

***

En 1942, j'avais été effrayé par les récits que j'entendais de la bouche des adultes à propos des sous-marins nazis qui attendaient dans l'embouchure du Mississippi les pétroliers qui quittaient les raffineries de Baton Rouge sans escorte. Les gens racontaient qu'on voyait la nuit des incendies qui brûlaient sur l'horizon sud. Dans mon esprit, les nazis étaient des méchants en uniformes sombres, aux yeux en fentes, qui vivaient sous les eaux et savaient arriver jusqu'aux innocents qu'ils assassinaient ensuite, dans un monde sans défense, et ce, chaque fois qu'il leur plaisait. Le soir, je priais que les nazis n'arrivent pas jusqu'à La Nouvelle-Orléans et que je reste toujours en sécurité dans mon lit, au domicile de ma tante.

Un dimanche soir que nous rendions visite à mes cousins à Pointe à la Hache, le prêtre appela pour nous apprendre que les Allemands avaient torpillé deux cargos et que les survivants allaient être amenés à l'école primaire catholique. Nous fîmes provision de couvertures et de conserves dans la voiture avant de rejoindre sous l'orage le petit bâtiment de l'école où les gardes-côtes descendaient d'un camion bâché de toile des gens sur des civières. La cafétéria était brillamment éclairée, encombrée de lits pliants et de tables collés les uns aux autres, et les personnes qui s'y trouvaient allongées, maculées d'huile, la peau noircie par les flammes, me remplirent d'horreur. Elles vomissaient eau de mer et pétrole mêlés, hurlaient qu'on leur donne de la morphine, ou fixaient le vide de leurs yeux grands ouverts par l'effroi sur des visages sans sourcils ni cheveux. Ma tante pleurait sur eux en silence et me dit d'aller dans la cuisine où la vieille nonne préparait la soupe.

Mais j'étais incapable de bouger. J'avais l'impression d'avoir devant les yeux l'image de l'enfer personnifié. Je ne pouvais accepter que la guerre, les nazis, aient pénétré mon univers et rempli un bâtiment scolaire pareil à mon école de tant de souffrances que rien ne venait soulager. Je sombrais totalement, perdu dans l'idée que les êtres méchants jusqu'au tréfonds de l'âme étaient capables de nous faire subir tout ce qu'ils voulaient.

Un garde-côte en T-shirt et pantalon pat' d'eph en toile bleue avait une casquette blanche de marin vissée sur l'arrière de la tête vit l'expression de mon visage et il s'accroupit devant moi. Le moindre muscle de son corps mince donnait l'impression de se mettre à rouler dès qu'il bougeait. Ses yeux bleu clair n'affichaient pas la plus petite trace de doute ou de frayeur. Sur un bras à la peau brune était tatoué un énorme drapeau américain entouré d'un cercle d'étoiles bleues.

– T'en fais donc pas, petit. Oncle Sam va retourner là-bas et y va te les envoyer par le fond, ces salopards, direction Boche-la-Ville, dit-il.

Je n'avais jamais connu mon père, mais j'étais sûr qu'il n'aurait pas pu être meilleur homme que celui-ci. Je savais aussi maintenant ce que les gens entendaient lorsqu'ils disaient qu'un jour, les lumières brilleraient à nouveau à la surface de la terre.

Mais ce marin-là n'était pas aux côtés du père Larry à San Luis, Guatemala. En revanche, ce fut Francisco qui vint au village avec ses guérilleros demander pansements et médicaments. Les nonnes me dirent qu'à leur avis, il avait simplement voulu montrer aux Indiens qu'il était capable d'entrer dans le village en plein jour sans craindre l'armée. Il avait souri d'une courbette très courtoise lorsque le père Larry expliqua qu'il ne disposait guère de médicaments en surplus, avant d'inviter les religieuses et les enfants à un grand dîner de tripes, de pain frais et de lait de chèvre. Francisco ne deviendrait jamais une figure importante de la révolution et, selon toute vraisemblance, il finirait par se faire tuer et son cadavre irait pourrir dans quelque tombe anonyme dans la jungle, mais il avait le talent d'éveiller chez son peuple ses côtés romantiques et chevaleresques en manifestant un mépris maladroit à la Guevara pour sa destinée.

Mais en quittant avec ses hommes, tard dans l'après-midi, le village, chargés qu'ils étaient tous de caisses de Pepsi-Cola sur les épaules, il offrit au capitaine Ramos l'invitation et la sanction qu'une soldatesque en rut, oisive et fortement armée attend comme une jouissance sordide – une raison pour occuper ou attaquer un village qui ne dispose pas des moyens de se défendre.

Les soldats tuèrent seize Indiens à San Luis le lendemain. Ceux qu'ils mirent à mort n'avaient pas d'armes, ils ne faisaient pas de politique, ils ne connaissaient rien du monde une fois passées les limites de leur village. Un paysan terrifié essaya bien de se cacher dans l'église. Les soldats le traînèrent au-dehors qui couinait comme un cochon qu'on égorge, ils le collèrent dans une jeep et l'emmenèrent au milieu d'un champ où ils l'assassinèrent. Leur volonté de camoufler ainsi son exécution ne relevait d'aucune raison logique, pas plus que tous les actes commis ce jour-là. Ils emportèrent les corps des Indiens morts à l'arrière d'un camion de l'U.S. Army, avant de les transbahuter dans un hélicoptère et de balancer les cadavres à haute altitude sur toute la région.

Cette nuit-là, trois hommes en civil, des bandanas sur le visage, essayèrent de kidnapper le père Larry. Lorsqu'il refusa de les accompagner, ils le poignardèrent à mort à coups de baïonnette.

⁂

Je suis de retour à Wichita, Kansas. Là-bas, au loin, sous les champs de blé gelés et couverts de neige, dorment dans leurs silos luisant d'acier, dix-huit missiles Titan sur lesquels veillent des équipes de techniciens qui ressemblent à mes fils. L'homme qui a la charge de les envoyer déchirer les cieux pour détruire l'Union soviétique, ou l'Europe tout entière, est un ex-journaliste sportif. Ma tante, si pleine d'innocence douce et gentille de dame du vieux Sud, n'est plus ; elle est entrée dans l'histoire. J'imagine que le temps a aussi fait son œuvre de ce garde-côte (lui qui était capable de plonger son bras tatoué au travers du pétrole en flamme à la surface des eaux pour voler des hommes à l'éternité). Mais parfois, lorsque je me prends à penser au printemps, puis au base-ball à Beantown [1] et Fenway Park, je suis sûr que le père Larry me dirait qu'il ne s'agit toujours que du premier tour de batte. Pareil à ce vieux Noir dans la prison de Baton Rouge, il savait que le courage et la foi sont leur propre justification et que les prisonniers du ciel ne se soucient guère de leur place dans l'histoire.

1. Surnom de la ville de Boston. *(N.d.T.)*

Le bagnard

à Lyle Williams

Mon père était un homme populaire à New Iberia, malgré ses idées, différentes de celles de la plupart des habitants, et ses attitudes sans compromis. Le vendredi après-midi, nous prenions la voiture tous les trois, lui, ma mère et moi, pour suivre le long chemin de terre jaune qui traversait les champs de canne à sucre avant de se transformer, le long de Bayou Teche, en route goudronnée qui nous conduisait à la ville, où mon père déposait ma mère au magasin de fruits et légumes de Musemeche avant de m'emmener avec lui au bar de l'*Hôtel Frederic*. Le *Frederic* était un vieil endroit magnifique, avec machines à sous, potées de palmiers, colonnes de marbre dans le salon d'accueil et bar d'acajou et laiton, brillant comme un sou neuf, rafraîchi par des ventilateurs de bois à longues pales. Je m'installais toujours avec un Dr. Nut [1] et un verre de glace à une table d'où je suivais d'un œil fasciné les rituels de mon père et de ses amis en train de boire : les chaleureuses poignées de main, les tapes sur l'épaule, les rires toujours sincères mais jamais non maîtrisés. L'été, qui donnait l'impression d'être l'unique saison dans le sud de la Louisiane, les hommes arboraient complets en crêpon de coton et chapeaux de paille, et la lumière ambrée de leurs verres de whiskey sur glace, leurs cigares de La Havane ou leurs cigarettes Picayune tenues de doigts bagués leur donnaient l'allure et

1. Limonade. *(N.d.T.)*

l'apparence de ce qu'un monsieur digne de ce nom se doit d'être et que les amis de mon père ne manquaient pas de paraître.

Cependant, je prenais soudain conscience, à certaines occasions, qu'il n'existait pas simplement une différence fondamentale entre mon père et les autres hommes, mais que par sa seule présence, cette différence au bout du compte se voyait mise à jour, et un défaut, une insuffisance de caractère cachée profond en lui ou en eux, remontait à la surface comme une dent de sagesse douloureuse.

– Est-ce que vous croyez vraiment, vous autres, que nous devrions fermer les écoles à cause de quelques petits enfants nègres ? dit mon père.

– Par le Seigneur, Will. Toute notre vie s'est passée ici, à vivre d'une seule manière, et pas autrement, dit un homme.

Il était propriétaire d'un restaurant et d'une ferme près de St. Martinville sur laquelle il y avait du pétrole.

Mon père ôta le cigare qu'il serrait entre les dents ; il sourit, avala une gorgée de son whiskey et ses yeux verts et lumineux se posèrent sur le restaurateur. Mon père était fermier, au sens premier du terme, et non pas quelque propriétaire toujours loin de ses terres. Il avait la peau brune, le corps dur et bien droit. Il était capable de soulever un baquet plein de briques et de le balancer par-dessus une clôture.

– C'est justement là, la question, dit-il. Nous vivons au milieu des Nègres depuis notre enfance. Ils travaillent dans nos maisons, ils s'occupent de nos enfants, ils conduisent la voiture quand nos épouses font les courses. Où donc allez-vous envoyer nos propres enfants si vous fermez l'école ? Avez-vous songé à ça ?

Le barman regarda le bagagiste nègre qui tenait un stand de cireur de chaussures dans le bar. Il était chauve, portait un tablier et brossait paisiblement une paire de chaussures que lui avait confiée un client de l'hôtel.

– Alcide, descends jusqu'au coin de la rue et rapporte le journal, dit le barman.

– Oui, m'sieur.

– Ça ne va jamais en arriver là, dit un autre homme. Nos Noirauds [1] n'en veulent pas.

– Mais ça vient, aucun doute là-dessus, dit mon père.

Son visage affichait maintenant des traits paisibles et il regardait au-delà des volets de bois ouverts le chêne dans la cour au-dehors.

– Harry Truman intègre les Noirs dans l'armée, et ces soldats nègres ne vont pas revenir à la maison et se contenter de rentrer par l'arrière-porte.

– Charlie, offre à M. Broussard un autre Manhattan, dit le restaurateur. En fait, offrez-en un à tout le monde. Cette conversation me rappelle le conseil municipal.

Tout le monde rit, mon père y compris qui remit son cigare entre les dents et sourit avec bienveillance, les mains jointes posées sur le comptoir. Mais je savais qu'il ne riait pas au fond de lui, qu'il allait tranquillement finir son whiskey avant de m'adresser un clin d'œil et nous ferions signe au revoir à la cantonade en laissant à tous intacte leur bonne humeur du vendredi après-midi.

Sur le chemin du retour, il ne parlait pas, faisant tout au contraire semblant de s'intéresser à la conversation de ma mère sur le club de lecture des dames de New Iberia. Le soleil était rouge sur le bayou, le vert des cyprès et des chênes le long des berges se faisait plus sombre sous le crépuscule tombant. Des familles de Nègres pêchaient à la ligne perches-soleil et poissons-chats dans les hauts-fonds.

– Pourquoi est-ce que tu bois avec eux, papa ? Vous finissez tout le temps par vous disputer.

Son regard fila en coin vers ma mère.

– Ce n'est pas une dispute, rien qu'un désaccord entre hommes de bonne compagnie, dit-il.

– Je suis d'accord avec lui, dit ma mère. Pourquoi les provoquer ?

– Ce sont de braves gens. Simplement, il leur arrive parfois de ne pas voir les choses très clairement.

1. Le terme n'est pas ici péjoratif. *(N.d.T.)*

Ma mère se retourna vers moi, installé sur la banquette arrière, les yeux tout sourires pour qu'il pût les voir. Elle était belle quand elle était comme ça.

– Il faudrait que tu saches bien que ton père est une autorité de première grandeur sur le sujet des gens de couleur en Louisiane.

– Ce n'est pas une plaisanterie, Margaret. Nous les avons délibérément tenus pauvres et sans instruction, et il faudra bien que nous leur rendions des comptes un jour.

– Bon, mais toi, tu ne les as jamais sous-payés, dit-elle. Je ne pense pas qu'il y ait un seul Noir en ville à qui tu n'aies prêté d'argent.

Je regrettais d'avoir ouvert le bec. Je savais que mon père éprouvait en cet instant la même douleur que tout à l'heure, au bar. Personne ne le comprenait – ni ma mère, ni aucun des hommes avec lesquels il buvait.

L'air se fit soudain plus frais, le crépuscule vira à un vert jaunâtre, et il se mit à pleuvoir. Devant nous, sur l'asphalte, nous vîmes un barrage et des hommes en imperméable, torche électrique à la main. La pluie dansait sur les rebords de leurs chapeaux plats de campagne. Mon père s'arrêta devant le barrage et descendit sa vitre. Un homme de la police d'État pencha la tête et inspecta l'intérieur de la voiture d'un regard circulaire.

– Nous avons deux bagnards qui ont pris la clé des champs. Un Négro et un Blanc. Ne prenez pas d'auto-stoppeurs, dit-il.

– Où les a-t-on vus pour la dernière fois ? demanda mon père.

– Ils se sont évadés d'un fourgon cellulaire juste à l'est des quatre-coins, dit-il.

Nous reprîmes la route sous la pluie. Mon père alluma les phares et je vis l'inquiétude qui se lisait sur le visage de ma mère à la lueur du tableau de bord.

– Will, c'est à peine à deux kilomètres de chez nous, dit-elle.

– Ils sont probablement envolés à l'heure qu'il est, ou alors ils se cachent sous un pont quelque part, dit-il.

– Ils doivent être dangereux, sinon il n'y aurait pas tant de policiers de sortie, dit-elle.

– S'ils étaient véritablement dangereux, ils seraient à Angola et pas en train de se balader en fourgon. En plus, je te parie qu'une fois rentrés, si on allume la radio, on va apprendre qu'ils sont de retour sous les barreaux.

– Je n'aime pas ça. C'est comme quand il y avait tous ces Allemands par ici.

Pendant la guerre existait un camp de prisonniers à l'extérieur de New Iberia. On les voyait occupés à couper la canne à sucre, un grand P blanc sur le dos. Mère garda les portes bien verrouillées jusqu'à tant qu'ils soient réexpédiés en Allemagne. Mon père disait toujours qu'ils étaient inoffensifs et qu'ils ne s'échapperaient pas de leur camp, même si on les poussait à en franchir le portail d'entrée à la pointe du fusil.

Le vent soufflait fort à notre arrivée à la maison, et la pelouse était semée des feuilles de notre verger de pacaniers. Ma pirogue, amarrée à un petit ponton sur le bayou derrière la maison, cognait violemment contre une pile. Mère attendit que mon père eût ouvert la porte d'entrée, alors qu'elle en possédait la clé, puis elle alluma toutes les lampes de la maison et tira les rideaux. Elle se mit à décortiquer les écrevisses du souper dans l'évier de la cuisine, puis elle mit en marche la radio posée sur le rebord de fenêtre, comme si elle s'ennuyait et cherchait à écouter quelque chose pour se distraire. Au-dehors, la porte du hangar à tracteur se mit à battre violemment sous les rafales. Mon père se dirigea vers le placard pour y prendre son chapeau et son imperméable.

– Laisse tomber, Will. Il pleut trop fort, dit-elle.

– Allume la lumière dehors. Tu pourras me voir depuis la fenêtre, dit-il.

Il se mit à courir sous la pluie, s'arrêta au passage à la grange, y prit marteau et pieu de bois, puis il se pencha devant le hangar à tracteur et enfonça le pieu de bois en terre pour bloquer l'ouvrant.

Il retourna à la cuisine en secouant son chapeau contre sa jambe de pantalon.

– Il faut que je mette un nouveau loquet à cette porte. Mais au moins le vent ne la fera plus claquer pendant un moment, dit-il.

– Ils ont parlé des bagnards aux informations à la radio, dit ma mère. On les emmenait d'Angola jusqu'à Franklin pour leur procès. L'un d'eux est un meurtrier.

– Angola ?

Pour la première fois, le visage de mon père afficha quelque inquiétude.

– Le fourgon a eu un accident, et ils sont sortis par l'arrière avant d'obliger un homme à leur couper la chaîne des menottes.

Mon père prit une écrevisse décortiquée, en mordit la moitié et regarda par la fenêtre la pluie tomber à l'oblique sous la lumière. Plus rien ne se lisait sur son visage vide.

– Ben, si j'étais à Angola, moi aussi, j'essaierais d'en sortir, dit-il. Est-ce qu'on a de la bière ? Je ne peux pas manger d'écrevisse si je n'ai pas de bière.

– Appelle les services du shérif et demande-leur où ils pensent qu'ils se trouvent maintenant.

– Je ne peux pas faire une chose pareille, Margaret. Il est temps maintenant de mettre un terme à tout ça.

Il sortit de la cuisine et je vis la mâchoire de ma mère se serrer sous la peau.

Il était aux environs de trois heures du matin lorsque j'entendis la porte du hangar qui se remettait à claquer sous les bourrasques. Quelques instants plus tard, je vis mon père passer devant ma chambre en boutonnant sa veste de toile sur sa chemise sans col. Je le suivis à mi-chemin des escaliers et le regardai prendre une torche électrique dans le tiroir de la cuisine et décrocher le fusil à pompe calibre .12 du râtelier au mur du salon. Il m'aperçut et s'immobilisa un instant comme s'il balançait entre deux idées contraires.

Puis il dit :

– Descends une minute, fils. Je crois bien que je n'ai pas enfoncé mon pieu aussi bien que je croyais. Mais mets le verrou à la porte derrière moi, veux-tu ?

– Est-ce que tu as vu quelque chose, papa ?

– Non, non. Je prends juste ça pour faire plaisir à ta mère. Ces deux hommes sont probablement arrivés à La Nouvelle-Orléans à l'heure qu'il est.

Il alluma la lampe de la cour et sortit par la porte de derrière. À travers la fenêtre de la cuisine, je le vis qui traversait la pelouse. Il pointait la torche devant lui, et comme il approchait du hangar à tracteur, il releva le fusil de chasse et le maintint d'une main contre la taille. Du pied, il repoussa complètement la porte battant sur ses gonds contre le mur, éclaira le tracteur et les rouleaux du grillage à poules avant d'avancer dans l'obscurité.

J'entendais le souffle de ma propre respiration en suivant des yeux les rebonds du faisceau de lumière entre les planches disjointes du hangar. Puis le rai de la torche s'immobilisa dans le coin en bout, là où il accrochait ses outils et le harnachement du cheval. J'attendais qu'il se produisît une chose terrible – que le fusil crache le feu à travers les planches, qu'une pioche entre deux mains meurtrières vienne s'abattre au milieu d'un enchevêtrement de harnais. Au lieu de quoi, quelques instants plus tard, mon père réapparut dans l'embrasure de la porte, se signalant à moi d'un mouvement de torche, avant de remettre le pieu en place et de l'enfoncer de sa botte dans la terre humide. Je déverrouillai la porte de derrière et remontai me coucher, soulagé de savoir que les bagnards étaient loin et que mon père était mon père, brave homme à cœur qui faisait de notre univers, à ma mère et à moi, un endroit sûr.

Mais il ne retourna pas au lit. Je l'entendis d'abord fouiller dans le meuble de rangement du couloir au premier étage, puis dans le frigo et finalement, sous le porche à l'arrière de la maison. J'allai à ma fenêtre et regardai en contrebas la cour éclairée par le clair de lune où je le vis avancer, le fusil sous un bras et dans l'autre, une gamelle à déjeuner et des serviettes pliées.

Juste à la fausse aurore, lorsque les brumes du marais s'accrochent en nappes épaisses à la pelouse, quand la lumière encore grise commence à dessiner la silhouette noire des arbres en bordure du bayou, j'entendis mes parents qui se disputaient dans la chambre voisine. Et mon père répliqua alors, sèchement :

– Mais bon Dieu, Margaret. Cet homme est blessé.

***

Mère ne quitta pas sa chambre ce matin-là. Mon père sortit par-derrière en claquant la porte, resta absent une demi-heure, puis revint à la maison nous préparer un petit déjeuner de *couche-couche* et de saucisses.

– Tu veux aller au cinéma aujourd'hui ? dit-il.

– Je vais pêcher avec Tee Batiste.

C'était un petit Nègre dont le père travaillait parfois avec nous.

– Ça ne mordra pas fort après toute cette pluie. Et ta mère ne veut pas non plus te voir ramener dans la maison toute la boue de la berge.

– Est-ce qu'il y a quelque chose qui ne va pas, papa ?

– Oh, mère et moi avons de temps à autre nos petites discussions. Ce n'est rien.

Il me sourit par-dessus sa tasse à café.

J'obéissais presque toujours à mon père mais, ce matin-là, je réussis à trouver le moyen de me retrouver au milieu des arbres sur la rive du bayou. D'abord, je descendis jusqu'au ponton où je vidai ma pirogue de toute l'eau de pluie tombée, puis je me fis un jeu de sauter d'un genou de cyprès à l'autre en bordure de l'eau sans jamais toucher la rive proprement dite, pour finalement arriver tout près de l'endroit dont mon père voulait me tenir à l'écart ce jour-là : la vieille péniche que la grande inondation de 1927 avait emportée avant de l'abandonner au milieu des chênes. Le pont pourrissant était envahi de liserons sauvages, les gamins avaient troué les cloisons de la cabine comme une passoire à coups de .22, et un chêne au fût élancé avait pris racine dans le plancher effondré et poussé à travers une fenêtre. Deux séries d'empreintes de pas clairement marquées, côte à côte, menaient depuis la levée, sur le flanc opposé de laquelle était bâti le hangar à tracteur, jusqu'à la souche sciée d'un cyprès que quelqu'un avait utilisée pour monter sur le pont.

L'air sous les arbres était immobile et humide, marqueté d'échardes de lumière brisées. Je regrettai de n'avoir pas pris ma .22 avant de m'interroger aussitôt sur ma propre stupidité à vouloir ainsi m'impliquer délibérément dans quelque chose dont mon père avait tenu à me protéger en allant jusqu'à mentir pour ce faire. Mais il fallait que je sache ce qu'il cachait, ce quelque chose ou ce quelqu'un qui lui faisait préférer le bien-être d'un autre à l'angoisse et la peur de ma mère.

Je montai sur la souche de cyprès et me penchai vers l'avant jusqu'à voir l'intérieur de la cabine sans porte. Dans un coin gisaient une caisse de dynamite vide et une demi-douzaine de bouteilles de bière couvertes de poussière, et je me rappelai alors la campagne de sismographie qui avait utilisé la péniche comme abri pour y stocker ses explosifs deux ans auparavant. Je montai sur le pont d'un pas plus brave, certain que j'étais de ne rien trouver d'autre dans la cabine qu'un éventuel nid d'opossum ou la réserve de glands d'un écureuil. C'est alors que je vis la jambe de pantalon bottée dans la pénombre en même temps que je sentais l'odeur de l'homme. Une odeur qui me claqua à la figure comme une gifle, un mélange de sueur séchée et de sang auxquels se mêlait la puanteur âcre des vases des marais. Il dormait sur le flanc, les genoux remontés vers la poitrine, son uniforme à rayures vertes et blanches maculé de noir, sa tête chauve et brune nichée sous un bras. Chaque poignet portait encore une entrave argentée et une petite longueur de chaîne brisée. Quelqu'un avait glissé une mince section de câble au travers d'une menotte avant d'en clouer les deux boucles des extrémités, à une poutre de chêne du plancher à l'aide d'une pointe de trente centimètres. En cet instant où la chamade me martelait la poitrine, la longueur de câble et la longue pointe me sautèrent aux yeux, bien plus que le bagnard en personne, car j'avais vu les deux objets à l'arrière de la camionnette de mon père.

Je voulais m'enfuir à toutes jambes, mais je restai là, pétrifié. Une déchirure ensanglantée courait sur le devant de sa chemise, comme s'il avait franchi en courant des fils de fer barbelés et même en plein sommeil, son corps rond et dur semblait irradier d'une énergie et d'une puissance primitives. Il respirait bouche ouverte, le souffle rauque, et j'apercevais les chicots de ses dents et les taches de tabac à chiquer sur ses gencives douces et roses. Un taon se mit à bourdonner dans l'air chaud avant de se poser sur son front, et lorsque son visage se tordit d'une grimace pareille au claquement d'un élastique, je reculai d'un bond involontaire. Et je sentis les mains puissantes de mon père m'agripper les deux bras comme un étau.

Mon père était rarement furieux contre moi, mais cette fois, ses yeux brûlaient de colère et sa bouche n'était plus qu'un filet serré tandis que nous revenions vers la maison au milieu des arbres. Finalement, je l'entendis souffler et vider sa poitrine en ralentissant le pas. Je levai les yeux sur lui : son visage avait perdu sa dureté et retrouvé sa douceur.

– Tu devrais m'écouter, fils. J'avais mes raisons pour ne pas te voir aller là-bas, dit-il.

– Qu'est-ce que tu vas faire de lui ?

– Je n'ai rien décidé. J'ai besoin d'en discuter avec ta mère.

– Qu'a-t-il fait pour aller en prison ?

– Il dit qu'il a cambriolé une laverie automatique. Et pour ça, ils l'ont condamné à cinquante-six ans de prison.

Quelques minutes plus tard, il avait repris sa discussion avec ma mère dans la chambre. Cette fois, la porte était restée ouverte et ils ne se souciaient guère que je puisse entendre.

– Tu devrais voir son dos. Il porte des cicatrices de coups de fouet grosses comme mon doigt, dit mon père.

– Tu n'as pas d'obligations à l'égard de tous les gens qui peuplent cette terre. C'est un bagnard évadé. Pour ce que j'en sais, il pourrait entrer ici et nous couper la gorge.

– C'est un être humain et le hasard a fait que ce soit un bagnard. Il se passe dans ce pénitencier des choses qui devraient faire honte à tous les gens civilisés de cet État.

– Je ne vais pas accepter une chose pareille, Will.

– Il s'en va ce soir. Je te le promets. Et il n'est un danger pour aucun d'entre nous.

– Tu enfreins la loi. Est-ce que tu ne le sais pas ?

– Il faut faire ses choix sur cette terre, et pour l'instant, je choisis de ne pas être responsable de nouvelles souffrances dans la vie de cet homme.

Ils évitèrent de s'adresser la parole tout le restant de la journée. Ma mère nous prépara le déjeuner, puis prétendit qu'elle n'avait pas faim et fit la vaisselle pendant que je mangeais en compagnie de mon père à la table de la cuisine. Je le vis qui regardait sa femme de dos, en battant un instant des paupières, et à l'instant même où je me disais qu'il allait parler, ma mère laissa tomber avec fracas une casserole dans l'évier avant de quitter la pièce. Je détestais les voir comme ça. Mais je détestais tout particulièrement la solitude que je lisais dans les yeux de mon père. Il essayait bien de le cacher, mais je savais combien il était malheureux.

– Ils te respectent tous. Même s'ils se disputent avec toi, tous ces hommes t'admirent, dis-je.

– Qu'est-ce que tu racontes, fils ? dit-il avant de détourner son regard de la fenêtre.

Il souriait, mais son esprit était toujours là-bas, sur le bayou et dans la péniche.

– J'ai entendu des hommes qui parlaient de toi à la banque. L'un d'eux a dit, “La parole de Will Broussard vaut mieux que toutes leurs foutues signatures au bas d'un contrat”.

– Oh, bon, c'est gentil à toi de me dire ça, fils. Tu es un bon garçon.

– Papa, ce sera bientôt terminé. Il s'en ira et tout sera exactement comme avant.

– C'est exact. Alors que dirais-tu si on prenait nos cannes pour aller voir si on ne peut pas attraper quelques perches-soleil ?

Nous restâmes à pêcher presque jusqu'à l'heure du dîner, avant de vider et écailler notre filée de perches-soleil, perches arc-en-ciel et sacalaits dans le chenal d'eau du moulin. Mère nous avait laissé des assiettes de poulet frit et salade de pommes de terre sous papier huilé sur la table de cuisine. Elle écouta la radio du salon pendant que nous mangions avant de venir ramasser nos assiettes et de les laver sans même dire un mot à mon père. Le ciel à l'ouest était embrasé par le soleil couchant, les lucioles tournoyaient en dessinant des cercles de lumière au milieu des chênes de la pelouse qui allaient s'obscurcissant, et à vingt heures, heure à laquelle j'écoutais habituellement *Gangbusters*, j'entendis mon père se lever de son fauteuil en paille sous le porche et contourner la maison pour se diriger vers le bayou. Je le regardai ramasser un sac de jute au fond lourdement chargé derrière la porte de la grange, traverser les arbres et remonter la levée. Je me sentis coupable en le suivant, mais il n'avait pas pris son fusil et se trouverait seul et désarmé lorsqu'il libèrerait le bagnard, dont l'odeur m'arrivait encore aux narines et me frappait en pleine figure. Je devais probablement me trouver à quinze mètres derrière lui, le visage prêt à s'éclairer d'un sourire instantané si jamais il se retournait, mais le lourd sac de jute frottait contre sa jambe avec un bruit sourd et jamais il ne m'entendit. Il monta sur la souche de cyprès et se pencha dans l'embrasure de porte de la cabine, puis j'entendis la voix du bagnard :

– Quel jeu tu joues, homme blanc ?

– Je vais te donner le choix. Ou je te ramène au bureau du shérif à New Iberia, ou bien je te libère. Ça ne dépend que de toi.

– Pour quoi faire tu fais ça ?

– Décide-toi.

– C'est c'que j'a fait quand ch'sus sorti par-derrière du fourgon. Pour quoi faire tu fais ça ?

Je me tenais debout sur une petite butte, derrière mon arbre, et je vis mon père sortir du sac de toile une torche électrique et une hachette. Il posa un genou au sol, leva la hachette au-dessus de la tête et l'abattit d'un fouetté du bras dans le plancher de la cabine.

– À toi de jouer maintenant. Il y a quelques conserves et un ouvre-boîtes dans le sac, et tu peux prendre la torche. Si tu suis la levée, tu arriveras à un chemin de terre qui te mènera à une voie ferrée. C'est la Southern Pacific et elle t'emmènera au Texas.

– Donne-me l'hache.

– Non. Tu as déjà tout ce que tu auras de moi.

– T'as une raison pour pas faire venir les flics ici, hein ? Peut-être un alambic dans la grange.

– La chance est avec toi aujourd'hui. Ne va pas l'effacer.

– C'que tu fais, c'est tes affaires, homme blanc.

Le bagnard enroula le sac de jute autour du poing et le laissa tomber du pont par terre. Il regarda en arrière, tournant sa tête en boulet de canon, avant de s'éloigner au milieu de la pénombre grandissante sous les chênes qui poussaient à côté de la levée. Je me demandai s'il parviendrait à le prendre, ce train de marchandises, ou s'il allait être pris en chasse par la meute des chiens de la police d'État, voire même se faire mettre en charpie par les balles de fusils de chasse au beau milieu d'un champ de canne à sucre avant même d'avoir quitté le territoire de la paroisse. Mais je m'interrogeais surtout sur le comportement incroyable de mon père, qui avait tourné mère contre lui et enfreint la loi, lui, en personne, pour un homme qui ne se souciait même pas de lui dire merci.

Le dimanche, la journée fut brûlante, l'air immobile, avant qu'une averse d'orage ne vînt souffler du golfe, balayant tout de sa fraîcheur, juste avant l'heure du souper. Le ciel était violet et rose, et les grues qui survolaient les cyprès du marais voyaient leur plumage caressé de flammes sous le feu du soleil sur l'horizon. Je sentais la douceur sucrée des champs sous le vent frais et l'odeur des belles-de-nuit sauvages au semis poudreux or et lie de vin en bordure du marais. Mon père déclara que c'était une soirée parfaite pour descendre jusqu'à Cypremort Point et y déguster un ragoût de crabes. Mère ne répondit pas, mais quelques instants plus tard, elle annonça qu'elle avait promis à sa sœur d'aller voir un film avec elle à Lafayette. Mon père alluma un cigare et la regarda droit à travers la flamme.

– Pas de problème, Margaret. Je ne t'en veux pas, dit-il.

Le visage de ma mère s'empourpra, et elle eut quelque difficulté à trouver son chapeau et ses clés de voiture avant de partir.

La lune était pleine au-dessus du marais, cette nuit-là, lorsque je décidai de descendre par la route jusqu'à la cabane de Tee Batiste pour aller pêcher la grenouille à la canne ferrée. J'étais sous le porche à l'arrière de la maison en train d'affûter la pointe de ma canne à la lime, lorsque je vis clignoter la torche au sortir des arbres derrière la maison. Je courus jusqu'au salon, le cœur battant, la lime toujours à la main, le visage de toute évidence tellement alarmé que mon père en ouvrit la bouche lorsqu'il me vit.

– Il est revenu. J'ai vu briller sa torche dans les arbres, dis-je.

– Probablement quelqu'un qui pose une ligne de fond.

– C'est lui, papa.

Il pressa les lèvres avant de replier son journal et de le poser sur la table à côté de lui.

– Verrouille la maison tant que je serai sorti, dit-il. Si je ne suis pas de retour dans dix minutes, appelle le bureau du shérif.

Il traversa le salon en direction de la cuisine en dégageant un cigare de son emballage.

– Je veux venir, moi aussi. Je ne veux pas rester ici tout seul, dis-je.

– Il vaudrait mieux.

– Il ne fera rien si nous sommes deux.

Il sourit et m'adressa un clin d'œil.

– Tu as peut-être raison, dit-il avant de décrocher le fusil du râtelier au mur.

Nous aperçûmes à nouveau la torche dès que nous eûmes descendu les marches du porche. Nous passâmes devant le hangar du tracteur et la grange pour nous enfoncer sous les arbres. La torche brilla une fois encore depuis le sommet de la levée. Puis elle s'éteignit, et je vis la silhouette de l'homme qui se détachait sur les reflets de lune à la surface du bayou. Et j'entendis sa respiration – enfiévrée, courte et haletante, comme celle d'un animal acculé.

– Il y a un barrage sur la route juste avant la voie ferrée. Tu m'avais pas dit ça, dit-il.

– Je n'en savais rien. Tu n'aurais pas dû revenir ici, dit mon père.

– Y m'ont coursé quatre heures durant dans un bois. J'z'entendais hurler entre eux, comme s'y poursuivaient un cerf.

Son uniforme de prisonnier avait disparu. Il portait une chemisette marron et un pantalon qu'il n'arrivait pas à boutonner à la taille. Un couteau de boucher pendait à l'un des passants de ceinture.

– Où as-tu eu ça ? dit mon père.

– J'l'a pris. Qu'est-ce ça peut te faire ? T'as bien un fusil à moineaux, là, pas vrai ?

– À qui as-tu pris ces vêtements ?

– J'a pas été embêter de Blancs. 'Coute, faut que j'reste ici deux ou trois jours. Je travaillerai pour toi. Y'a pas de boulot que ch'sais pas faire. Et ch'sais aussi faire le whiskey.

– Jette ce couteau dans le bayou.

– Qu'est-ce tu racontes ?

– Je t'ai dit de le jeter.

– Le vieux à qui j'l'ai pris, y m'en a bien mis deux centimètres dans le flanc. Et j'vas pas le jeter au bayou, ça, non. Ch'sus pas une menace pour vous, j'vois pas comment. J'ai nulle part où ch'peux aller ailleurs. Alors pourquoi que j'vais te faire du mal, à toi et ton petit ?

– C'est toi l'assassin, n'est-ce pas ? L'autre bagnard, c'est lui le voleur. C'est bien ça, non ?

Les yeux du bagnard se rétrécirent. J'apercevais sa langue sur ses dents.

– À Angola, ça veut dire que je te volerai pas, dit-il.

Je vis mon père jouer des mâchoires. Sa main droite était serrée sur la crosse du fusil.

– As-tu tué quelqu'un après être parti d'ici ? dit-il.

– J't'ai d'jà dit, c'est mi qu'y z'essayaient de tuer. Tous ces gens, là dehors, y z'aimeraient me voir traîné derrière une voiture. Mais c'est pas ça qu'y fait que j'ai rien fait de grave, pas vrai. Et tu te tracasses pour un bon à rien de Négro qui m'a collé un coup de lame dans le cou et qui m'a coûté huit ans.

– Tu quittes les lieux, dit mon père.

– J'vas pas nulle part. T'as déjà enfreint la loi. Faut qu'tu m'aides.

– Retourne à la maison, fils.

Je fus effrayé par le ton de la voix de mon père.

– Qu'est-ce tu fais ? dit le bagnard.

– Fais ce que je te dis. J'arrive dans une minute, dit mon père.

– Écoute, ch't'a pas fait du mal, dit le bagnard.

– Avery ! dit mon père.

Je battis en retraite entre les arbres, les yeux fixés sur le fusil que mon père pointait maintenant sur la poitrine du bagnard. Au clair de lune, j'apercevais la sueur qui dégoulinait sur le visage du Nègre.

– Je jette le couteau, dit-il.

– Avery, cours jusqu'à la maison et restes-y. Tu m'entends ?

Je fis demi-tour et me mis à courir dans l'obscurité, le visage fouetté au passage par les branches, tandis que les volubilis au sol s'entortillaient autour de mes chevilles comme des serpents. Puis j'entendis le calibre .12 exploser et dans le temps qu'il me fallut pour pousser la porte-moustiquaire et entrer dans la maison, je pleurais sans pouvoir retenir mes larmes.

Un moment plus tard, j'entendis la botte de mon père sur la marche du porche à l'arrière de la maison. Puis il s'arrêta, manœuvra la glissière de son fusil à pompe et éjecta la douille de la culasse avant de pénétrer dans la maison, arme sur l'épaule, les cartouches rouges bien visibles dans le magasin. Il respirait vite et fort, le visage plus sombre que jamais auparavant à ma connaissance. Je compris alors que plus jamais, nous ne connaîtrions le bonheur, ni lui, ni ma mère, ni moi.

Il sortit sa bouteille de Four Roses du meuble et s'en versa un demi-verre. Il but une gorgée puis sortit un mégot de cigare de sa poche de chemise, le mit entre les dents et s'appuya à bout de bras contre l'égouttoir de l'évier. Les muscles de son dos ressortaient comme si on lui avait enfoncé une pointe entre les omoplates. Puis il parut prendre conscience pour la première fois de ma présence dans la pièce.

– Hé là, petit gars. Qu'est-ce qui peut bien encore te tracasser ? dit-il.

– Tu as tué un homme, papa.

– Oh non, non. Je lui ai juste fait peur et il est retourné au pas de course dans le marais. Mais il faut maintenant que j'appelle le shérif. Ce que j'ai à lui dire ne me fait pas plaisir.

Je ne crois pas avoir jamais entendu paroles plus joyeuses. J'eus l'impression que ma poitrine, ma tête, se remplissaient de lumière, qu'un vent m'avait balayé l'âme. Je sentais les relents du bayou dans l'air de la nuit, l'odeur des pastèques et des fraises qui poussaient près de la grange, l'été et ses senteurs de jeunesse pareilles à un parfum d'éternité.

Deux heures plus tard, mon père et ma mère se tenaient sur la pelouse en façade en compagnie du shérif, le regard fixé sur quatre adjoints maculés de boue qui conduisaient le bagnard entravé jusqu'à une voiture de brigade. L'homme avait les bras dans le dos et il fumait une cigarette, la tête penchée sur le côté. Un adjoint la lui ôta des lèvres et la jeta d'une pichenette juste avant qu'ils ne le bouclent à l'arrière de la voiture, derrière la cloison grillagée.

– Et maintenant, redis-moi ça encore une fois, Will. Tu dis qu'il se trouvait ici hier et que tu lui as donné des boîtes de conserve ? dit le shérif.

Il avait le corps lourd et épais et arborait toujours un costume bleu, un Stetson gris perle et une grosse montre dans la poche à gousset de son gilet.

– C'est exact. J'ai nettoyé la plaie qu'il avait à la poitrine et je lui ai aussi donné une torche électrique, dit mon père.

Ma mère posa le bras sur le sien.

– Qu'est-ce qu'il portait sur le dos, ce gars-là, quand tu as fait tout ça ?

– Un uniforme de travail quelconque, vert et blanc.

– Eh bien, il devait s'agir de quelqu'un d'autre, parce que je crois que cet homme a volé sa chemise et son pantalon dès qu'il a eu quitté le fourgon de la prison. T'as probablement dû tomber sur un des Négros qui posent des pièges quand ce n'est pas la saison.

– J'apprécie ce que tu es en train d'essayer de faire, mais j'ai aidé ce gars dans la voiture à s'enfuir.

– L'homme qui l'a dénoncé, c'est le même que celui qui l'a aidé à s'évader ? Qui est-ce qui va aller croire une histoire pareille, Will ?

Le shérif releva légèrement son chapeau à l'adresse de ma mère.

– Bonne nuit, madame Broussard. Passez donc dire bonjour à mon épouse à l'occasion. Bonne nuit, Will. Et à toi aussi, Avery.

Nous retournâmes sous le porche tandis qu'ils s'éloignaient sur le chemin de terre au milieu des champs de canne à sucre. Les éclairs de chaleur vacillaient dans le ciel bleu-noir.

– J'ai peur que tu sois condamné à ne jamais être cru, dit mère en embrassant mon père sur la joue.

– C'est l'innocence meurtrie que nous portons en nous, dit-il.

Je ne compris pas ce qu'il voulait dire, mais d'un autre côté, cela m'était égal. Mère prépara une crème glacée à la sorbetière à main, avec des fraises et des prunes, et je m'endormis sous le gros ventilateur du salon, la cuillère toujours à la main. J'entendis le tonnerre de chaleur rouler encore une fois, comme une pomme dure qui serait venue cogner le fond d'un tonneau, avant de mourir quelque part au loin sur le golfe. Dans mon rêve je priai, pour mon père et ma mère, les hommes au bar de l'*Hôtel Frederic*, le shérif et ses adjoints, et finalement pour moi-même et le bagnard nègre. Les années allaient passer, nombreuses, avant que j'apprenne que c'est justement notre impuissance collective, la fragilité et l'imperfection de notre vision, qui nous anoblissent et nous sauvent de nous-mêmes ; mais cette nuit-là, je me réveillai tandis que mon père me portait jusqu'à mon lit et je compris au battement de son cœur que lui comme moi avions cessé pour un temps de nous battre contre le monde.

Table

Oncle Sidney et les Mexicains 9
Ceux que l'on a perdus 31
Le pilote 49
En y regardant à deux fois 67
Hack 85
Nous bâtissons des églises, Inc. 103
Quand vient le jour des médailles 117
Qu'on me mette en terre au bout d'une chaîne d'or 151
Le bagnard 169

Déjà parus
dans la collection Écrits noirs

Robin Cook : *La Rue obscène*
Robin Cook : *Mémoire vive*
William Kotzwinkle : *Book of Love*
Mickael McCauley : *Jim Thompson – Coucher avec le diable*
Jim Nisbet : *Sous le signe du rasoir*
Budd Schulberg : *Un homme dans la foule*
Budd Schulberg : *Le Visage de Hollywood*
Jim Thompson : *Écrits perdus (1929-1967)*
Jim Thompson : *Écrits perdus (1968-1977)*
Jim Thompson : *Ici et maintenant*
Jim Thompson : *Avant l'orage*
John Williams : *Badlands*

Traitement informatique, impression et façonnage par

IMPRIMERIE
FRANCE QUERCY
CAHORS

Dépôt légal : août 1994
N° d'impression : 40779 L